大きなさよなら

どくだみちゃんとふしばな5

吉本ばなな

幻冬舎文庫

大きなさよなら

どくだみちゃんとふしばな 5

目次

よしなしごと

出会うことと気づくこと

秘訣いろいろ

本文写真：著者
本文中の著者が写っている写真：井野愛実　田畑浩良

よしなしごと

時代が求めるもの

◎今日のひとこと

尼神インターの渚さんを見ると、私は「産めなかった自分の娘」がそこにいるみたいな気持ちになります。年齢は二十歳離れてるから、ありえなくはない。

もし私が女の子のお母さんになったら、ボーイッシュでありのままでそれでも魅力的でかわいい女の子になりなよ、と思って育てようと決めていたので、憧れていたそういう気持ちを投影してるのかもしれません。

まあ、男の子が生まれたらたくさん食べさせたい！　ごはんを毎日一升炊きたい、ころころ太ってるけど運動が好き、というおすも

ふなっしーが帯を書いてくれた

うさんみたいな子にしよう！　と夢を描いていたのに、やってきたのはあまり食べない痩せた男の子だったので、夢と現実は違うんでしょうけどね。

でも彼女が知り合ってすぐに私を「東京のお母さん」と言ってくれてるのを聞いて、すげ～勘だな、この人！　と感動しました。「お姉さん」でもなく「ファン代表」でもなく「お母さん」。私には彼女が自分の子どもに見えている、それが伝わってるなんて。

あんなにまっすぐで、思ったことを言って、運動神経がよくて、勉強はできないのにすごく賢くて、やるといったらやると腹をくくるかっこよさがあり、大工さんだったから手に職もあって、美人さんで、子どもが好き、家族を大切にして、家族のために稼いで、でもすごく楽しんで生きてる。

リアル「らんま½」みたいな。

こんなキャラがまさに現代に求められているよなと私は思います。

みんなほんとうは思っている、もう気をつかいたくない、正しいことなら堂々と言って、それが間違ってたら素直にあやまればいいじゃんって。

性別を意識しておしゃれしたり細かく手入れしたり、それだけじゃない、中身がいい女ならいいんじゃないか？　って。

舞台を終えた彼女が、ジャージかあの派手な柄の服を着てポケットに手を突っ込んで楽屋を横切ってくるとき、なんだかわからないけどすごくかっこよくて大御所の予感がします。

こんな人が大御所として芸人界に育ってくれたら、よしもとはまだまだイケる！　と同じ苗字だけに思うのでありました。

尼神バナナー

◎どくだみちゃん　女の子に好かれること

いっしょに暮らしてほしいとか、
あなたが男だったらなあとか、
赤ちゃんができちゃったから産婦人科についてきてとか、
旅の全てをアレンジしてとか、
女の子たちは昔、私に「理想の男」を求めてきた。
いろんなことがあったけれど、
結婚（のようなもの）をして子どもが生まれたら、あんなに好き好き言ってくれた女の子たちはみんな消えていった。
そうか、そういうことなのかあ、と荒野でひとりぽつんと思った。

ぽつんがいやなわけではない。

この景色は悪くないなと思う。

それに周りには好きな人たちがいるから。

うそのしがみつき合いよりはずっといい。

昔よくいっしょにいた女の子と数年ぶりにごはんを食べる。

すごいなあ、この人、なんにもしない。

お店も決めないし、さいふも出さないし。

意見もなにも言わない、ただ賛同してくれるだけ。

私、そのことに全く気づかないくらい淋しかったんだ。

それでもいいくらい、孤独だったなんて。

すごいな。かわいそうにな。

女子グループの中の細かいルールは嫌いで、いっしょにいられない。

ひとりで本を読むのは好き。

男友だちには全く色気を出さない。

やっと勝ち取った「女として見られない場所」。

ちょっと虚しいような気もするけれど、楽で楽でもうやめられない。

いいじゃん、やりたいときだけやれば。

やりたくないときはやらなきゃいいんだから。

こんな世界のほうがいつもシャープでいられるし。

そうか、ずっと昔からほんとうはぽつんだったのか。

いつかぽつんとしない場所ができるという幻想の元に、全部あげちゃう友情もどき、恋愛もどきの関係をいろんな人と続けていたのか。

このことがわかっていても、現場の私はやっぱり気がいい姐御。

ぜーんぶ忘れてなんでもあげちゃう。

利用するよりも、されたほうがずっといいって思ってる。

だますより、だまされるほうが気がいいさって。

でも現場にあるもう一台のカメラは冷徹に真実を記録し続ける。


そして後で再生してマヌケでお調子者でひとりぼっちの自分に気づく。

うわあ、見ていられない。

でも、ちょっとカメラを引いてみると、ほんとうに対等な、ひとりで立ってる人が何人かいるじゃない。

だから生きていけるんだ。

桜

◎ふしばな

「ふしばな」は不思議ハンターばな子の略です。

毎日の中で不思議に思うことや心動くことを、捕まえては観察し、自分なりに考えていきます。

私が書いたら差しさわりがあることだって、私の分身が考えたことであれば問題はないはず。

村上龍先生にヤザキがいるように、私には「ばな子」がいる。

森博嗣先生に水柿助教授がいるように、私には「有限会社吉本ばなな事務所取締役ばな子」がいる。

村上春樹先生にふかえりがいるように、私には「ばなえり」がいる（これは嘘です）！

裏話解禁&よしもとのすごさ

私が追っかけのアホみたいな感じで渚ちゃんと元シャインハッピーのゆきえちゃんと出ていた某番組、いくつもびっくりすることがあった。

まず密着していた人のひとりが堂々と「密着していたものの、渚さんの良さが全くわからなかったんですよね」と言ってたことで、自分の仕事を全く愛してないんだな、とびっくり！

ＴＶ界にはたまにこういう人がいる。

こういう発言を恥ずかしいことだと思わないんだろうか。

私は何十分もかけて、なぜ彼女が新しい時代の芸人で、いかに時代に求められているかを「作家として、評論のプロとして」語った。

しかし一切それは使われていなかった。

十秒くらいでも使うべきじゃないのか？　もし私の職業にリスペクトがあるなら。

あれだったらそのへんのおばさんで足りるだろうよ。

そしていちばんひどいと思ったのは、どういう事情があったのか知らないが、きっとTVに出ることを悩んだ上で決心しなくてはいけなかった渚ちゃんのお母さまにえんえんインタビューしておきながら、一秒しか使わなかったことだ。これも人の人生をリスペクトするという点において最低だと思う。

詳しくは知らないが、苦労して子どもたちを育てたすてきな人だ。

そして娘の単独ライブでも目立たずに自慢せずにそうっとひとりで先に帰って行ってしまった人なのだ。

私はこうふんでいる。

途中で渚ちゃんが「あんたは何年もつきあった彼女と自然消滅した、自然消滅はあかんよ、つらくてもちゃんと別れなかわいそうやん」と真顔で彼に意見したから、腹をたてて意地悪な気持ちで、あんな気の抜けた編集にしたのではないかと。

観ている人が求めているものを、個人的な感情で握りつぶしてしまう。

多くの人が多くの時間を費やして多分迷惑もかけたであろう密着取材だったのに。

とにかく最低だね！　と私は思うし、そういう人たちは生き残れない世の中になっていくと信じている。

少なくとも私は渚ちゃんのお母さんが、「お母さんの大事な水筒にうっかり熱湯入れたら曲がっちゃって、お母さんごめん」って素直にあやまるような、どうやってあんないい子を育てることができたのか、すごく参考になるから聞きたかったなあ。

それとは別に、渚ちゃんと知り合ってからよくよく知ることができたよしもとのシステムはほんとうにすごい。

もちろんあれだけの芸能組織、ブラックなところもあるんだろうし、いろんな業界とつながってそうだからあまり深い発言はできない。でも、素人目にもほんとうによくできてる！

とにかく目先の欲ではなく、全部に種を蒔いておいて、芽が出たらすかさず育てる、そのあり方もすごい。

地方の人は住みます芸人として、売れてなかったら売れてる人とうまく組み合わせて、売れたらTVだけに出すんじゃなくてうまく地方の舞台で漫才をやってもらって、練習と場数含めた相乗効果を狙い、スケジュールはみんなマネージャーにしっかりまかせてサポート体制を取り、大御所は大御所だけで固めず、とにかくこの「ばらつき、ばらまき、芽が出たら一気に使う」の加減がすごいのだ。

たけしさんは別格として、さんまさんやダウンタウンさんととんねるずさん（世代的にどちらも大好きです）の凄みの違いは「嫌なことも均等にやっていったか、好きなことを中心にやっていったか。いかに事務所に守られていたか」の違いなのではないか？　と思う。

ある程度大御所になると、若手のやるようなことをしなくなるので、だんだん仕事が偏ってくる。

しかしよしもとは大御所でもなんでもまんべんなく、ある程度面倒臭い仕事を、本人の企画や好みだけではなく、やらせてしまう。

その無慈悲なまでの判断がすごいといつも思う。

いちどだけ亡くなる直前の横澤さん[*1]にばったりお会いしてお話したことがある。よしもと同士ですね〜と笑顔でお話したけれど、すごい迫力のある人だった。笑いって命をかけてやるものなんだ。

修行する間に先輩後輩の礼儀が体に叩き込まれるから、いかなる地方のいかなる人に接しても好感を持たれて人気が出る。それができない人はちゃんと売れないことを体でわからせる。

新喜劇というのもすごくって、いいパターン化でいつ観てもほっとするようにできている。

あの旅館、あの追っ手、もうわかったよ！と思っているのに、観るとこの上なく癒されてしまう。座長がちゃんと時代とともに移り変わっていくのもすごいと思う。

今の日本で、ここまで職人的なシステムにしっかり耐えて生き残り、売れたらちゃんとお金も入ってくるようになっているという形の芸能事務所って他にないんじゃないかなあ。

そして売れるということって、残酷なまでに「時代」と「大衆」が決めるものだ。何回も見たからって、プロモをいっぱいしたからって、決して好きになったりしない。そんなにバカじゃない。大衆はその人の持っている才能の力を正確に測って理解してから好きになっているんだから。

だからちゃんと己を発揮できた人は、ちゃんと売れる。

売れる人は共通して何か大切なこと（自分の売れるところを研ぎ澄ますこと、お客さんをばかにしないこと）に気づいて、売れて、見た目も変わってくる。

しかし今売れてないからってきっかけしだいで急に売れるかもしれないし、売れなかったらある意味極限までは、最低、面倒を見てくれる。

よくできてる〜！　と感動してしまう。

そこを勝ち抜いてきた人たちが、甘っちょろい現代日本ではいちばんのカリスマと言われてもこれはもうしかたないだろう。

よしもと……作家界で言うと、厳しい目を持つ「新潮」の矢野くんの存在だろうか。そして根本さんの講座だろうか……！

なんか違うか！

渚ちゃんのトークショーの珍メニュー

根本さん

超怖かった

（お食事中の方と気の弱い方は読まないでくださいませ。それから、超長いです）！

◎今日のひとこと

書くことは私のセラピー、今ほどこう思うことはありません。

本人の名誉のため設定をいろいろ変えて書きますが、芯のところは変わりません。

だれだかわかったよという身近な人も、どうか私に聞かないでください。私の口からは言えません。

だれかが死んでもいいからなにかをしたいと思ったとき、それを止める権利はないと思

祈りをこめて、教会

うと本気で思っていました。心からできると思っていたんです。

でも今ははっきり言えます。

私は結局は放置できないで、ばかみたいに、子どもみたいに泣きます、放ってはおきません、やっぱりできません。


三十年間ずっととても仲が良かった近所の友だち。

去年の末から生まれつきの障害と二回した骨折のせいで痛みがひどくなって、首と腕が動かなくなりました。

だからいろいろサポートして、最後に会ったのは十月。全く腕が動かなかったので、介助して食事をし、たまった洗い物をし、また会おうねと言い、それから実際に数回会いました。かなり弱っているし、利き手だから生活のいろいろに困っている様子で、実家に帰ったら？　と問うてもいやだと言います。

私も忙しくてなかなか会いに行けず、様子見の電話だけかけて、水や米や果物やポットなど、重くて買い物に行ってもたいへんだろうものを送ったりしていました。


三月に電話をかけたとき、ふつうに電話に出てきて、かなりいい状態になっているから大丈夫、たまに腕が痛すぎて電話が取れないこともあるけど、そういうときは寝てるから気にしないで、みんなにもそう伝えて、と言っていました。明日は手伝いの人が来てくれるし、大丈夫だと。

でもその言い方や声になにか、つんとするようなおかしなものを感じて、海外から帰ってきたらすぐ会おう、そのときのようすでごはんをいっしょに食べたり、部屋の掃除を手伝うから、と私は言い（それどころの状態ではなかったのです、ほんとうは）、海外に行き、帰ってきたので予定通りに会いに行くべく電話をかけても彼女は出ないのです。

予定の時間に食料や掃除道具を持って、ピンポンを鳴らしても出ない。オートロックだからどうにもならず、階段の塀を乗り越えて、彼女の住む階まで登りました。

ものすごい臭いが廊下まで漂っていて、もしかしたら死んでいるかもしれないと思いました。

あのドアを開けるときの勇気を、たったひとりの勇気を、私は一生忘れないし、それは私を一生支える何かだと思います。

彼女は、全裸に毛布一枚でテレビの真下の小さな隙間の、じゅうたん一枚敷いただけの床に、仰向けで横たわっていました。

腐った食べ物と、排泄物と、血膿のついた綿が部屋中に積み上がっていました。毛布という毛布は全部汚れ、すさまじい状態でした（あとで救急車に乗るときにどの毛布巻いてく？　と一個一個匂いをかいで全滅、『その黄色いのはまだきれいかも』と本人が言ったというふたりの最後のコント、一生忘れない！）。

骨と皮だけの姿で、目だけ動かして「オートロック開けてないのに、よく入れたね」と彼女は言いました。

私は「ごめん！　ごめん！　こんなになるまで放っておいてごめん！」と言って彼女に抱きついて泣きました。大泣きしました。

「ごめんじゃないわよ、泣くことないわよ、大丈夫、これから生き方変えるんだし、悪いものは全部もう出たんだから。快方に向かってるわよ」

と彼女は微笑みました。

とてもそうは思えないよ、と私は言いました。

これまでも気のおけない彼女の前で悩みを訴えながら何回か泣いてきましたが、こんなに悲しかったことはなかったです。

実家にも知らせるし、今から救急車を呼ぶと言う私に、

「お願いだからあと一日くれないかなあ」

「そうしたら覚悟決めるから」彼女はくりかえし言い、

「がんじがらめになりたくないし、病院が嫌いだから。実家も自由がないし」（今あるようにはあまり見えないのだが……とつっこみましたよ、思わず！）

「このままは全然かまわないんだけどな、この部屋がいいし、このままでいてもいいよ」

このまま死ねるから。

できないよ、ごめん、できないよ。

「でも電話帳なら勝手に見ていいよ、あなたに見られていやなものは一個もないから」

震える手で、私は知らせるべきいろんな番号をそっとメモして、いとこにも電話し、甥っ子にもメッセージし、そこに載っていた知り合いの屈強な男性とその奥さんに来てもらい、いちばん親しい近所のお友だちにも連絡し、救急車を呼んでもらいました。

「絶交してもいいよ、これから救急車を呼びます」

「絶交なんてしないよ、あなたのすることは

みんな全然かまわないもん」

救急車が来るまでのあいだ、ずっと今まで三十年間この部屋で、いっしょに泣いたり笑ったり、ごはんを食べたり、相談したりされたり、そんな時間の全てが凝縮されたのと全く同じような会話をして過ごしたんです。

それは神様がくれた時間でした。

「こんなでも、なんでだか頭はしっかりしてるんだよね、私」

「あなたはいざってときに来てくれるっていつも言うけど、ほんとうに来ちゃうんだからすごいよね」

「もうこのままでいいと思ってたんだけどね、ほんとはちょ〜っとだけ、だれかがオートロックを突破して入ってきてくれないかなって思ってたんだ」

首も動かない、腕も両方動かない、全く立てない。

それは、彼女を侵していた他の病のせいでした。隠していたんです。ずっとなんてことないふりをしていたんです。体を見ればわかりました。たいへんなことになっていました。

「私をまたいでいいから、そのテレビの裏の電話見つけてかかってきたら取ってくれる？電話の線はね、あっちの部屋の奥の、窓の下の、本の下。子機もあるはずなんだけどね」

私「汚くて見つからね〜よ、電気ないの？」

「そっちの部屋はないの。ずっと前に切れたんだよね。とにかく白湯が飲みたい、あったかいものが飲みたい」

今水分を取ったら死ぬかもしれない、そう思ったけれど、飲ませました。すごく怖かったです。

たです。

「じつはさ、はじめにここに何かできて、それがぐちゃぐちゃってなってきて、どうしようかと思ったんだ」

私「それはいつごろ？　前回会ったときもそうだったの？」

「言いたいような、言いたくないようなさ、そんな気分だったんだよねえ。それでその次はここになにかできて、じゅくじゅくしていつも汁が出るようになってきて、実家に帰ったときお父さんや弟にちょっと匂うって言われたら、もう言い出せなくなっちゃってさあ、このあいだ最後に電話取れたときもつい、家族に風邪で声が変なんだけどもう大丈夫って言っちゃったんだよねえ、なんだろうね、この性格。こんなときまでこうなんだから、しかたないよね」

私「バカ！　ほんとうにバカ（涙）！」

そんなときでも私たちはいつものふたりなんです。

美人の彼女は骨と皮でも美人で、動けなくてもギャグを言い、少しもみじめではなく気高かったです。

「今月はお休みもらったけど、来月元気になったら職場に復帰して、まだまだこれからもいっぱい働くんだ。泣かないでよ、大丈夫、死なないし。このくらいじゃ死なないって」

あと一日遅かったら、彼女は望み通りこの世を去っていたかもしれないんです。医師が「このカリウム値では明日までもたなかったかも」と言っていたそうです。

病院に行かず、家族に迷惑をかけず。

それを壊してしまってよかったかどうか、

わかりません。

でも、ずっと楽しく過ごしてきたあの部屋で（そんなひどい状況でも、懐かしく愛おしい場所なんです）。

もう一回さわれて、しゃべれて、数日後にはやってきたご家族に会えて。

ほんとうによかったと思います。それだけは確かなんです。


「あまり人に部屋にいてほしいと思ったことないいんだけど、今はいてほしい。忙しいのはわかってるんだけど、まほちゃん（私の本名）、もうちょっとだけいてくれない？」

そう言われたから、もちろんいいよ、と言いました。

すごい匂いの中でマスクして、手にはビニールはめて、汚物を片づけたり、電話線を探したり、保険証を探したり、実家の番号を聞き出したり。いざというときのお金をたいへんな場所から発掘したり。トイレに置いてきてしまったという髪留めを探して髪の毛を留めてあげたり。

「なんで実家なのに番号わからないんだろうね、このあいだ最後にかけたときも、こうだったかなあ、と思ってってきとうにかけたらつながってね。そのときついつい、風邪ひいたってうそついちゃったんだよねえ。我ながらあれが運のつきって感じだったね。番号ねえ、語呂ならわかるんだけどね〜」

私「語呂でもいいから言ってよ、市外局番はネットで調べたんだけど、こうみたいよ」

「う〜ん、なんかそれ、ゼロが足りないような気がするんだけどなあ。語呂はさ、『ゴミ小屋』それは確かなんだよね」

ドリフのコントみたいな会話をして、語呂からやっと実家の番号をゲットして、電話をかけながら外に出ようとしたら、

「なんだったらこのまま帰ってもいいよ、出るとき電気だけ消してってね」

身動きできない、死にかけた、全裸の人にふつ〜にそう言われたが、帰れんわい！

絶対無理！　と言って笑顔で部屋を出て、泣きながら語呂から推理してご実家に電話しました。

桜、桜

◎どくだみちゃん

いったいどのくらい前から

　きっともう実はずっと横になっていたんだろう。

　電話だけは元気に取って、しゃべってからまた突っ伏して寝ていたんだろう。

　最後にいつ、ものを食べたか聞いたら、お湯をわかせないからインスタントラーメンをかじったと言っていたが、それはいったいいつだったんだろう。

　トイレに行ける？　シャワーは浴びてる？と聞くと、

　調子のいいときは全然ふつうに歩けてるし、左手でなんでもできるからとうそをついてた。

　どんな気持ちでうそをついていたんだろう。

　電話を切った後、異変に気づかなかった人たちを決して呪ったりしない人だ。

　それだけはわかっている。

　真っ白な笑顔で、にこにこして彼女は言った。

　世界でいちばん汚くなった部屋で、ひとりだけきれいだった。

「なんでこんなことになっちゃったのか、試してるんだ。

　天に聞いてみてるの。

　そうしたらだいたいのことがわかったから、これからは大丈夫。

　生き方を変えるって決めたの」

どこにいこうとあなたは大丈夫です。

だからまだしばらくはここにいてください。

私は泣きながら思った。

若いときからいっしょに、たくさんの、たくさんのことをいっしょに乗り越えてきた。

信じられないくらいたくさんのことを。

信じられないくらい仲良しに。

神様、この人は私をたくさん助けてくれた人です。ほんとうに心から力になってくれたんです。親が海でおぼれたとき、結婚するとき、子どもが生まれるとき、犬が死ぬとき。いつもそばにいてはげましてくれて、力をくれたんです。

この人はこんなになるまで人生から、病気から逃げて、大バカ者です。

でも、どうかどうか、そのことだけはわかってください。

ヘルシンキのデザインミュージアムのガラス作品

◎ふしばな

自由

最近、書くときにあまり考えないで、中間くらいの、瞑想くらいの状態で書くように心がけている。でないとつい大人の知識で理屈っぽくなってしまい文体が固まってしまうからだ。若い主人公だと特にすごく変になる。

でも、すごく不思議に思うことがある。

何かを書いて、もう一回別の角度からスケッチみたいに書いとこう、と別の形で書こうとすると、なんと前に書いたものと、一言一句違わないのだ。順番や細部はちょっと違うが、構成している単語は同じ。

「人の運命は決まっている、しかし完全に自由である」

という相反するように思える教えが「バガボンド」[*2]にも、その著者の井上雄彦さんに剣についていろいろレクチャーした甲野善紀[*3]先生の教えにも頻繁に出てくるが、これってそういうことなんだろうなと思う。

書くべきことは完全に決まっているが、私は完全に自由に書いている。

天と自分と時間の流れが一致して自由になる地点があるのだ。

そこには制限はなく、しかし完全にもう全てが決定している。

しかしそれに窮屈さを感じることは全くない。広々した気持ちなのだ。

毎日毎日毎日書いて、五十年。しかもたった一ジャンル。こんなにかかるなんて、人生ってほんとうに短いんだな。

ヘルシンキのお店にひっそりいたこやつ

分析は人を救う

業界内の話題で恐縮だけれど、あてはめてみたらだれもに役立つかも、です。

◎今日のひとこと

幻冬舎をだれよりも愛して、愛したまま憎んで辞めてしまった人の本[*4]をしみじみと読んでいて、まあ、その人はこれまたすごく特殊な人なので独特ではあるんだけれど、気持ちはわかるなあと思いました。

自分が働いている会社への個人の愛っていつも片想いなのだなあ、それはお金をもらって時間を搾取される側だからだと思いました。

搾取される側だっていうことは、もらうお

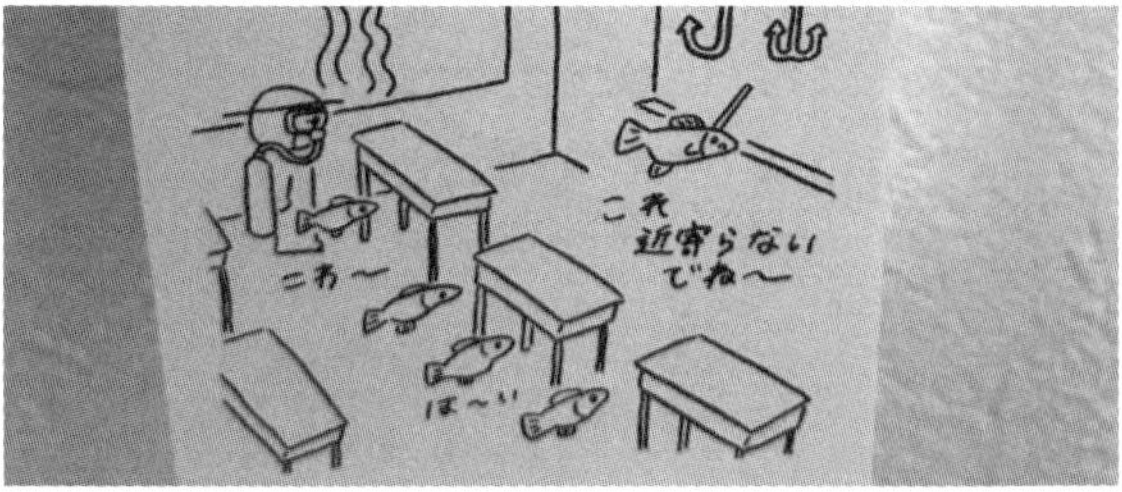

ぺぺぺ日めくりカレンダー

金とのバランスが良いか、そのことを納得して気持ちの逃げ道を作っていかないとつぶれちゃうってことなんだなあ、とか。

そのお互い様感がうまく行っている間は、会社に勤めるって最高にいいことだなあ、とか。

そう書くと会社ってすごくずるいみたいだけれど、会社と社長は違うんだよ、にわかでも経験したから知ってるけど、社長はほんとうにたいへんなんだよ、とか。

私の知り合いで転職してからむちゃくちゃいじめられて、なんだったかな、パソコンを壊されただか、濡らされただかとかまでされて、ノイローゼになってでもものともせずにとにかく道を拓いている人がいるけれど、彼のようにはみんながみんな、がんばれないしなあ。

私は働いているのではなくお世話になっている側だから、辞めてしまった彼女のように苦しんだりはしないのです。

でもいつかのある日、ふと、「ああ、幻冬舎って、全社が営業部だと思えばいいんだ」（そう思わないとやっていられないということではもちろんなく、雰囲気として）と思ったら、もめごとがあっても全く腹が立たなくなって、見城さんのことなんてもう大好きすぎてしかたなくなって、会えたらラッキーくらいの気持ち。すごく幸せになったんです。

私には、「よくここまでわかってくれたね」というような読者が少ないけれど確実にいる。編集者の中にももちろんそういう人がいる。そういう人たちともしっかり仕事ができている。それは全社をあげてあの営業部の人たちがんばってくれているからなんだ。
　そうとしか思えなくなったんです。

　今の私のシフトだと、この世に「役員が石原さん、加藤木さんが編集、谷口さんがプロデューサー、営業と現場同行が壷井さん」という出版社があれば、そしてそこが「君ももうすぐ定年だからのう」と意味なく高い賃金を出してくれたらいちばん幸せなのになあ、そしてたま～に森くんや渡辺くんや府川さんと仕事したりできたらいいなあ（身内的ネタすぎてすみませんが、わかる人は今みんな爆笑してると思います！）……などと妄想するのですがそうも行かず、しかもこんなこと言っちゃいけないくらい各社で優秀な人たちに出会えてるんだから、恵まれすぎてる、こつこつ書いていこうっと！
　……みたいなふうに発想を変えると、文句言ってるひまに書くべさ、みたいになって、とにかく楽しいです。

きれいなお刺身の盛り合わせ。どこのお店だったか忘れたけど

◎どくだみちゃん

思い出

気づいてみたら、ついこのあいだと思っていたことって、ずいぶん昔のことなんだな。

毎日のように飲み仲間と飲みに行って、ぐちゃぐちゃになって帰ってきて、風呂でうっかり寝ておぼれそうになるくらい遊んで、夜明けを見た頃。

私には子どもがいなくて、養うべき家族もいなかった。

飲んで帰った夜明けをイメージすると、いつも前の前の前の家の窓が浮かぶんだもの、そりゃあ、昔だわ。

澄んだ青が四角く切り取られている、明け

方の光がやってくるのを、あの窓からぼんやり見ていた。

熱いお茶を飲みながら。さて、数時間仮眠して仕事するか、と思った。

その仮眠はまるで死んだように深く、心のうさが吹っ飛ぶくらいの迫力があった。


その頃だったんだな、彼女といっしょに沖縄バーやカラオケに行って、いつでも体をくっつけあってだんごになって笑っていて、私はまだバブルで羽振りがよくって、みんなにめちゃくちゃおごったものだ。

おごっておいてよかった。


だって、信じたくないけど、普通に考えたら多分、もうすぐ死んじゃうんでしょ？

もう飲みに行けないいんだよ、一生。


しかも飲みに行ってたのも、ついこの間と思っていたらもうそんなに昔だなんて。

おごっておいてよかった。理屈じゃない。

いつもいつも私がおごって、なんだか納得いかないなと思った。

でもやっぱり、よかった。

かといって今はもう、みんなにおごれるほどリッチじゃないわ。でもね。


最後に彼女が健康な状態で飲みに行ったあの、庶民的で活気がある中華居酒屋にもう一回行きたかったな。

寡黙な大将、辛い水餃子、青唐辛子のチャーハン、珍しい日本酒。

厨房の熱気、お客さんたちの笑い声、おしゃべり。

もう一回でいい、でももう絶対にないんだ

ろうな。

彼女があの部屋を引き払ったら、天国にかあるいは故郷の街にか、引っ越して行ったら、私はもう一回あの懐かしい街の懐かしい中華居酒屋に行って、一杯飲もうと思う。

いつも彼女に言われた。

「わざわざ悲しくなるための時間を、悲しい場所に過ごしに行くことないわよ、どうしてあなたはいつもそんなことするの」

それは、小説家だからです。

そうでもしないと体の中の時間の流れがわからなくなって、思い出を消化できないんです。

ひとりで泣くとおかしい人みたいになっちゃうので、近所のあっちゃんやえいじくんたちを誘って行きます。間違いなく私たちはいっしょにわざわざ泣くでしょう。笑顔でいても、心は泣いているでしょう。

人間って愚かです。だから小説を読むんです、書くんです。

しのぶ会

◎ふしばな
身の振り方

少し前に「アラーキーがミューズに賃金ろくに払わなかった問題」が騒ぎになったが、この業界、あんなことばっかりである。芸能界よりもえげつないことがいっぱいある。

それをいいとは思わないし、「あなたは恵まれてるから、汚さにあまり触れてない」と言われたら、「しっかり触れてますし、長年の絶えざる苦労を経てやっとある程度は上等な世界にいるかもしれませんが、人がびっくりするほどの量の文章を書いてきたから当然だと思います」と言うだけだ。

だからといって、写真集出してもらっただけでいいと思え！　撮ってもらっただけでいいじゃないか！　とは決して思わない。とんでもないことだよなとは思う。

私が若い頃、毎日徹夜で書いてその合間にいろいろ面倒なインタビューや恐ろしい目にあって作った本の印税が全く振り込まれず、いくらなんでもこれは仕事として困る、と目上の編集者さんに言ったら、「若いのに金のことを言うなんて最低だ！　本を出してもらっただけでありがたく思え！」と怒鳴られたことがあるが、私は今でもそこには納得がいかない。売れ筋の私の名前でつぶれそうな会社をなんとかしのいでいたのなら、こつこつとお金を払うべきではないか？　そんなことだからつぶれるのでは？　と思ったのである。

もちろん今もそう考えている。

村上春樹先生の手書き原稿が古書店で売ら

れていて、春樹先生が怒ってそして残念がってそれについて原稿を書いていらしたことがある。それをしたのは上記の印税ふみたおしの人と同じ編集者さんだった。

うちの父は「もう首も回らないくらいだから売るしかなかったんだから、村上さんも公にせず大目に見てやりゃいいのに」と言っていて、

私は「え〜、冗談じゃないよ！　だってその原稿自分のものじゃん、売られちゃかなわないよ」と同じ編集者さんに生原稿をあずけていたのでもちろん思ったし、父にもそう言ったのである。

でも父は「ほんとうにお金に苦しんでいて、家族もいたんだから、けんかするのは正しいけど公にまではしなくていいんじゃないかなあ」とまた言った。

私は「生原稿売る、印税払わない、それはやっちゃダメ！」と思っている、今でも。

でも父やその編集者さんの世代は、戦争体験も近くにあり、命という観点からしかものを見ない。お金に困って死んだ人をたくさん見ているから、「命にかかわらないからいいじゃん」と思っていたんだと思う。

私の半端な世代観で言うと、あんなに人生全部写真を撮ってきた鬼才で高齢で病気を持っている人を、あの形で責めなくてもいいかもね、とは思う。

つまりこれは多分、世代間の意識の違いの問題なのではないだろうか。

曽野綾子先生が今の若い人のお金のなさを全く考慮せずに発言している、と話題になったことがあったが、それは世代が違うからで

あるし、功績のある、たくさん人を救ってきた尊敬できる目上の人なんだから抗議も控えめにしてあげたらいいのに、理解して無視したらいいのに、と思ってしまうのは、私が今五十代だからに他ならない。

お金よりも目上の人への礼を大切に、粋なほうがいいよね、というのを叩き込まれた世代なのである。

さらにその前の世代となると、戦争で命のやりとりを毎日体験してきたから、ほとんど全てのことに動じないので、また一段違う価値観なのである。

そこで考えてみるに、同じようにアラーキーのミューズに一時期なり、多分ほぼギャラももらわずに、身体や私生活をさらしていた桐島かれんさん。彼女は知名度があるから、お金があるから、文句言わなかったんじゃないか？　と若い人たちは言うと思うのだが、そうではないと思う。かれんさんには何か違う大きな要素があったのだと思う。

当時アラーキーとかれんさんがなにかのパーティにいっしょに来ていて直接しゃべったとき、アラーキーは「彼女はなんでも見せてくれるんだよ！　部屋まで入れてくれるし！部屋以上にも入れてくれちゃったかもね！ムフフ」と自慢していて、かれんさんは確か、当時なのであいまいだが「だって奥さん亡くしてすぐだしさ、できることはやってあげようかなって思ってねえ！」と笑っていたのがえらくかっこよかった。私のことは「少女まんがみたいなの書く人！　あ、でも『TUGUMI』は良かった」、亡き杉浦日向子さんのことは「離婚の人！」と面と向かって言ってただけのことはある！　笑　すがすがしくひどすぎる！

あくまで推測だが、アラーキーは「ごく平凡だがいいものを持っている、自分がインスパイアされる彼女の魅力を、100％以上に引き出したんだから、あとは自分でやってけ」という気持ちと、彼女を手放したくない気持ちが両方あって、いちばんうまく縛っておける（文字通り！　笑）形を取っていたんだけど、そこは男の純情とごまかしと弱さみたいなのが混じった実に人間的な泥臭いものなんだから、お金をなるべくふんだくったらいろんな形で大目に見てやれや、というのが大方の年配の人の意見なのではないだろうか。

でもそれが今の世代に全く通じない理論なのはよくわかる。どちらかというと、私も糾弾しちゃう側かもしれない。生原稿売られたらショックだと思ったから。全員の世代が違うからややこしいけど。

私なら、「もうおじいちゃんだから、柔らかくやるか」くらいは思うかもしれない。でも前に私に金を借りてふみたおしたおじいちゃんにはやっぱり裁判を起こしたし、私も同じか。

ただ、彼女の持っていたミューズであることの神秘性、それは大きく損なわれたから、これからの人生、そこにはもう頼れなくなってしまって、痛み分けだなあとは思う。

少なくとも、これからの時代は、仕事をするときは契約書を交わし、○○コンプライアンスを大切にし、妥当な賃金をもらう、それでいいと思う。

だから私たちの時代のような雑で迫力あるダイナマイトスキャンダルなアートはなかなか生まれにくくなるだろう。そういうことであろう。

そして契約になじめない人は、とりあえずアングラで強烈なものを作っていくだろう。

世代の狭間ってそういうことなんだなと思う。

那須の春

ほんとうの意味での生命の力

◎今日のひとこと

遠き山々を見て「自然って壮大」と思うだけではなく、深い渓谷を見て「なんて畏れ多い」と思うのでもなく……。

　生命の力があふれる年の前半部分、私は果てしなく謙虚な気持ちになります。

　私が冬の間どんなに手入れしても枯れていった植物たちや、死んでいったメダカたち。撫でたりお祈りしたり手かざしをしたり、なんでもかんでもやってみた、場を整え、清潔にし、水を換え……もちろんそれだって役には立っているでしょう。

　がんの人にフコイダンやプロポリスやチャ

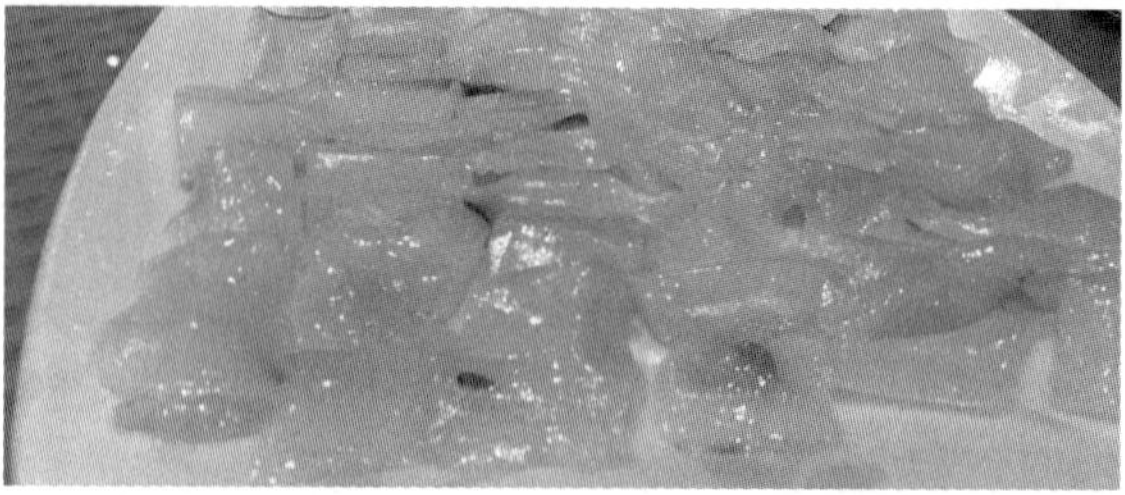

バリの兄貴の家の山もりのイカ刺し

ーガが効くように。

それで私はたまに思いあがりさえします。

祈りってすごい、手から出る癒しのパワーってハンパない！　って。

でも春が来て、太陽が一発照らしただけで、彼らはあっさりよみがえるのです。

梅雨が来て、どばっと雨が降るだけで、毎日時間をかけて水やりしていた動きを一瞬で天はやってしまうんです。

私が小さい子みたいに地団駄踏んで、泣いて大騒ぎしようがなんだろうが絶対にできないことを、自然は一発でやってしまうのです。

きっと私の手から出るパワーなんて、太陽に比べたらもう、ミジンコ以下（全くないわけではないのがミソ）。

私にできることって、きっと自分固有の愛する人のために祈ることくらいなんだろうな、と思うのです。

これはもう謙虚にならざるをえないというか、自分もこの状況の中で恩恵を受けて生かされているんだと、自分が自分から出していると思っているパワーだって、めぐりめぐって上のほうから自然にもらったものなんだと、天に手を合わせてしまいます。そしてこの体も自然の一部なんだと思い知るのです。

ほとんど観た人がいない映画だろうから例えるのも恐縮なのですが、大好きなダリオ・アルジェント監督の、少し前の「サスペリア・テルザ　最後の魔女」[*5]という映画の中で、白魔女がパウダーをふっと吹くと粉が飛んで、その中に亡くなった人が出てきて助言をくれるという場面があります。それはすてきな上に生きていく上でとっても役立つ能力なのですが、あるとき最強の魔女の手下がやってきて、白魔女がそれを使おうとしても全く弱々しくて、あっけなく踏み潰され、殺されてしまうのです。

何人もの友だちが、ふだん自然食の勉強もしていないのにハンパに代替医療を取り入れて死んでいったのを見ている私は「そりゃそうだよなあ」と思うのです。

代替医療には、「恐ろしい廃墟の中に入るときに数珠をつけている、あると嬉しいし役にも立つが、最後に自分がとり殺されるときにもきっとそのまま手についてるだろう」

……そんなイメージを持っています。

その映画の中の白魔女の粉みたいというか、支える杖というか、小さな助けというか。

やはり本人ありきというか。

本体の力をぐっと引き出すトリガーとなりうる、というのはほんとうです。ただそれは小さい刀を持ったゴブリンを連れて歩いている程度で、そいつが命をかけて自分を一回くらいは救ってくれるが、あとは本人次第……みたいな。

もちろん本気で代替医療のみにコミットしている方を否定はしません。本気であれば道が開けるだろうと思って心から応援します。特に食に関してはほんとうにデジタルに体に影響を与えますので、かなり成功率は高いと思っています。

いろいろなダイエット法があるが、結局は「食べる量を減らさないと体重は減らない」というのと同じくらいシンプルに、酒と油と肉は消化に負担をかけて治癒に使う力が減る、でも野菜だけだと偏りが生じるから足りないビタミンとパワーを何で補うかとか、ちゃんと「頭ではなく体が」わかっていないと大変なことになります。

これを食べると自分はこうなる、しかしこれだとこうなる、そういうのをキャッチできる体との連携ができていることが大切なのです。結局本体に潜む「生きてやる」パワーこそがだいじだと思います。どの食べ物を体が受け入れたか、病気が嫌ったか、そこまで精度の高い状態であれば、治癒する可能性はとても高い。

鍼や漢方や生活改善なども、同じように治療にとても大きなウェイトを占めると信じています。

見極めと治療、それを補って力づけるものが、代替医療なのではないでしょうか。

私はがんになったら抗がん剤はやりません(効くとわかっている部位と薬の組み合わせがあるならやるかもしれません)が、手術はすると思うし、もうだめとわかってからの身の振り方も考えています。

がんばらなくちゃできないことは、しなくていい。

その代わりできることはしよう。

そんなことなんだなあ、とメダカを見ながら思うのです。

生き物は死ぬとき、受け取れなくなる。出せなくなる。

だから受け取ったり、それを出したりして循環することだけが、生きているってことなんだなと思います。

もちろんお金に関しても同じことが言えるでしょう↑これはとても重要な発言ですので、気に留めておいてください。

死んで浮いているメダカの中にないもの。そして生きて俊敏に泳いでいるメダカの中だけにあるもの。

この体を抜けるまでは、その事実に対してもなるべく俊敏でありたいと思うのです。

ナシ・チャンプル

バリのカフェの庭にうさぎ

◎どくだみちゃん

上品

正直に生きるのはすばらしいとみんな言う。

でも、セックスした後で、

「ごめん、一回やったら気が済んだ！　どうしてもどうしてもどうしても君とやりたかったんだ。でも気が済んだからもういいや！

一回でよかったみたい」


……という男の人がいるのだろうか？

なんだか、いるような気がする。

昔、別れたい女の人の家のベッドでうんこして帰ったら、一発で別れられる、と豪語していた男性がいたのだが、
好きだから飼い主が帰宅するとはしゃいで

おもらししてしまう犬よりもバカだと思うのだ。

自分が抱いた女性を、人間と思えないということなのだから。

「すごく好きだからセックスしたけれど、これからもずっとつきあっていこうという気持ちになるほどには愛せないと思う。セックスしてみないとわからなかったのは未熟な自分が悪かったけれど、うそをついてつきあっていくのは君に失礼だと思うから、お別れした方がいいと思う」

と翻訳してもらえたら、まだ傷が少ないように思う。

その翻訳こそが、人間の情というものだと思う。

いっしょうけんめいなのはいいとされている。

しかし、「どうしてもこれをあなたに受け取ってほしいのです。捨ててもいいです。どうかどうか受け取ってください」

と言って渡されたなにかがほんとうにその相手にとっていらないものだった場合、言われた相手はそれを好意で受け取るが、やはり欲しくないとする。

それをその人がゴミ箱に捨てるときのかすかな胸の痛み、

そこまで想像してから人にいっしょうけんめい何かを渡したい。

そう思えてから、私は、あまり人にいっしょうけんめい何かを渡さなくなった。

うちの犬はもうごはんが食べられないし食

べたくない状態にあっても、

私が小さく噛み砕いてあげて、手に乗せたほんの少しだけのジャーキーをそっと手を噛まないように食べた。

そんなようなことが、きらっと光る上品さの本質なんだと思う。

風が強いバリの夕暮れ

◎ふしばな
命のギュルル

前にエッセイに書いたことがある話題で、これを夫に言うと「そんなことあるかなあ」って言うんだけれど、こんどむりやり持たせてみようと思う。ロルファーならきっとわかるはず。

私は昔、メダカの池に手を突っ込むのがこわかった。ヒルとかぼうふらとかタニシとかくっついてくるし、なんだか臭いし、どろっとしてるし。

でも、放っておくとメダカはどんどん自分の生んだ卵とか赤ちゃんを食べてしまう。これがでっかい池ならそれくらいでちょうど数が調整できるんだと思うけれど、小さい水がめの中では絶滅してしまうに決まってるじゃないか、もう、バカなんだから！

そう思っていやいや、目につく卵だけ手でつまんで隔離するようにした。

卵かと思ったらタニシの赤ちゃんだったり、なんだかわからないものの卵だったりしてえ～となることもあったけれど、毎年こつこつ拾っていたら（それでも大人になるまで育ってくれるメダカがほとんどいないのは、私が留守がちでろくに世話ができないということと、冬にちゃんと温めて体力を温存させてあげられないからで、今年からはちゃんと冬温めるようにしたので期待できる。もちろん生き物は人間含め放っておけばたくましい奴だけしっかり生き残るが、その後ろには膨大なしかばねがあるのだ。そのしかばねになった分まで補って生かせるようになったのが、現代医学の力なのだろう）、なんと、手でつまんだだけで見なくても有精卵と無精卵の違いがわかるようになってきた。

有精卵は手の中で、ジョジョに出てくる擬音みたいに「ギュルル」と動くのである。取り落としてしまいそうなくらいパワフルに。

ああ、もうここから命が飛び出さんばかりなんだなあというのがよくわかるのだ。

オステオパシーの名医だったというフルフォード博士[*6]（この本は私の健康にとっていちばん大切な本で、電子書籍になったことは文化遺産を遺したのと同じことだと思って感激している）は、人の体に触る前に訓練の一環として、何枚も重ねた紙の下に置いた針の位置が触っただけでどこにあるかわかるようにならなくてはいけないと書いていらしたが、メダカは針よりもたくさんの動きを放っているので、よりわかるんだなあと思う。

あんなに小さい卵でもそんなものを放っているのだから、この世の神様がどんなにこの騒々しい世の中の奏でる命の音を楽しんでいるのだろうと思うと、少し幸せになる。

その感覚でスーパーに行くと、どんなものが活き活きしているのかわかってくる。旬だから、安売りだから、濃い緑だから、そういうのではなく、生きていて思わず調理法が浮かんできてしまうような勢いがある食材がわかる。

ところが最近日本のスーパーでは「全体のパワーが低すぎて、中でも多少ましだという程度のものしか買えない」ということが起きているこどが多い。

早い時間に行けばあるとかならまだいいけれど、それでさえない。

これからは市場がある地方の時代なんだなあ、と思わずにはいられない。

でも、地方の市場でもよく見ると「中国産」「ノルウェー直輸入」などと書いてあるものがバンバン売っているので、鍛えられるったらありゃしないです。

バリのホテルのプール

ホテルの庭

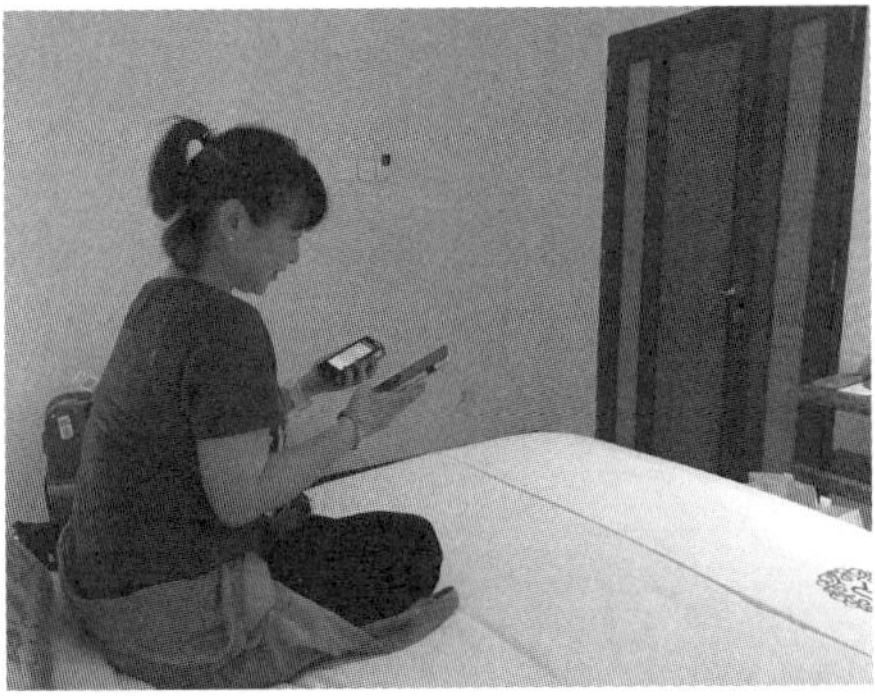

ホテルの部屋のかわいいいっちゃん（スタッフ）

他人の気持ち

◎今日のひとこと

この間、バリの兄貴[*7]のところにおじゃましたら、様々な種類の社長さんたちがいらして、その方たちは山を買って水力発電のダムを作って過疎の町を沈めたりしているという話があり、普通に考えたら「それは……『おもいでエマノン』(だったかな、ダムの話。『さすらいエマノン』のほうだったかな。とにかくエマノンシリーズ)や『怪奇大作戦』における、いちばんあかんエピソードやん！」と思うのだけれど、私たちのその気持ちを素早く感じた兄貴がぽつりと「悪いと一概には言えんで。日本では水力発電の事業をしっかりや

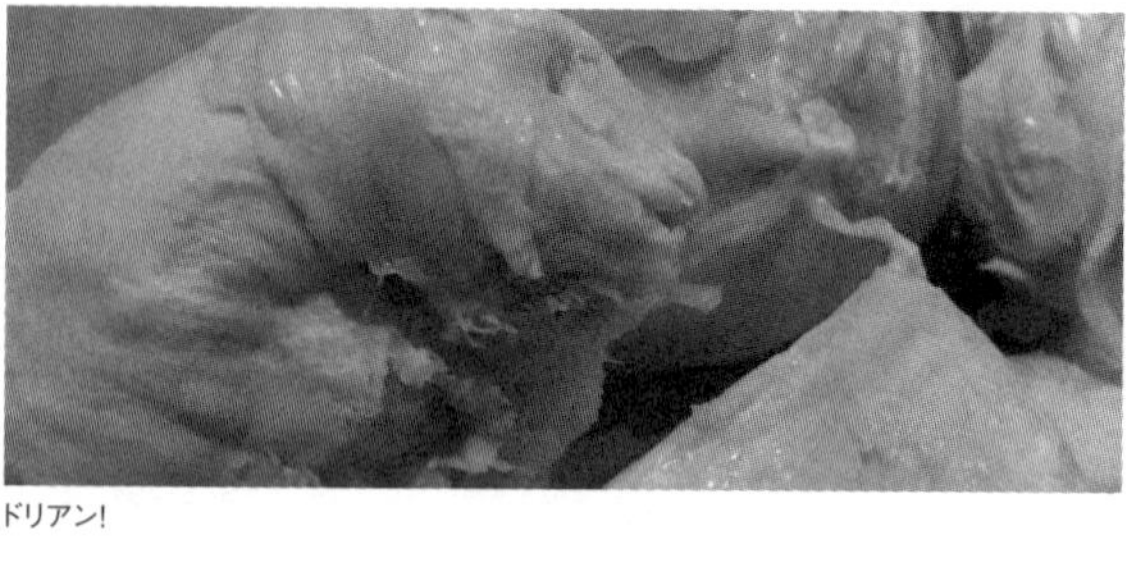

ドリアン!

らんと、原発がどんどん作られてしまう」とおっしゃって、ああ、そうか、ものごとは一面から見るだけではだめなのかもしれないな、と思いました。

それぞれの立場で、ものごとの是非は180度変わってしまうのです。

だから、一概に他者を責めることはできないと思います。

人の立場を理解できる想像力こそがいちばん大切なものだと思うのです。それがなかったら、自分だけが正しいと言い合うだけでらちがあかなくなってしまうし、人類の発展もないということになるわけですから。

例えば今の私は、臓器の移植にあまり肯定的ではありません。倫理的なもの以上に、お腹に子どもができただけであんなに気持ち悪くなるんだから、もっと強い反応が出るだろうなと思ってしりごみしてしまうのです。

でももし自分の子どもが病気だったら、自分のはもちろん差し出すし、たとえ殺人犯の臓器でも、「わたしを離さないで」の人たちの臓器でも　笑　もう手当たりしだいなんでもかんでも、探してしまうと思うのです。だから簡単に反対ですとは言えない、そういう視点を常に持っていること、自分がどの立場だったらどう考えるようになるかを想像しておくことは、ジョンさんやヨーコさんがおっしゃる以上に平和な世界への第一歩だと思うのです。

代理出産に関しても同じです。今の私はそこまでして自分は子どもを持ちたいだろうか？　と思っているけれど、犬を失い、あてどなく（飼う気もないのに）淋しくて淋しくてただ希望がほしくて、血眼になって子犬をネットで探している自分を見ると、これの何千倍もの気持ちであれば、ありうるなと思えるのです。

また、私は人を殺さないつもりでいるけれど、例えば目の前で夫を殺されたら、反射的にしかし確実に相手を殺すだろうと思います。だから「人を殺した？　そんなやつ人間じゃねえ！」とは言い切れないところがあります。

そういうふうに真逆の人の立場を思うということは、もしかしたら優しさにつながっていくのかもしれません。決して優柔不断さではないのです。「私はこう思うし、こうしようと思う。でもそうしない人の気持ちもわかるから、否定はできない。どうしたら双方にとって良い状況か考えよう」ということが初めて可能になるのですから。

しかし、その意見とは真逆に、想像力と同じだけ、反射的な沸騰するような怒りを持つこと。それもとても大切なのだと思うのです。「なめんなよ！　殺すぞ！」みたいな殺気を、どこかに秘めていたい。

それを人類相手に発揮するかどうかはともかくとして、気迫や気合いのようなものなくして、真の優しさはないという感じがするのです。

それはもしかして「実はいやだと思ってるけれど、もめたくないから考えないようにしよう」の反対側にあることなんじゃないかな、と思うんです。

さりげなく写りこむ兄貴

◎どくだみちゃん

死がくれた力

腕の中で友だちが死んで、その次に腕の中で犬が死んで。

目の前で命がその体から抜けていくのがわかった。

それでも固くなった体の、それぞれの毛をなでるとやっぱり懐かしかった。

私はこの毛たちとも思い出を作ってきたと思うが、やはり毛と思い出を作ってきたのは私の心以上に私の手のほうだと思うのだ。

歩けない彼女に手を貸したときにさらさらと私の手をなでた毛。

夜寝るとき何万回も手のひらで撫でた犬の毛。

それを恋しく思うのは私の手。

でもその私の手には、私の心が深くしみこんでいる。

体ってほんとうに容れ物なんだ。しみこんでいるものがすっかり出ていけば、もう会えなくなる。


友だちがいた日々、犬がいた日々。

それはもう取り戻せない。

でもその気配はこの世に二度と存在できない唯一無二のものたちで、だれにとってもこの生は一度だけだということを思い出す。

涙よりも、今を楽しむ力をもらったように思う。

今ってなんてすごいんだとしか言えない。

そして私の子ども。若いってぜいたくなことだ。

ただいま〜と帰ってきて、当然のようになにか食べるものが出てくる。

だれかが家の中で自分を大切に思っている。

それが当たり前の時代を見て、いいねえ、とだけ思う。

そんなことが貴重なんて、私も親に対して思ってなかったと思う。


父はごはんの支度がいやで、呪いながら米を炊いていて、いやいや炊事をして。

母は家事を呪いながら洗濯をして、すごくきれいに洗濯物をたたんで。

だからそれぞれになにも感じなかった。呪い以外。

あまりにも呪いがすごすぎて、手伝う気にもなれなかったし、感謝もできなかった。あんなにたいへんなことをしていたというのに、気の毒……。

感謝されないからますます家事がいやになる、悪循環。

父が夜中にいきなり作る変な味のお好み焼きや、バターロールにバターとコンビーフを分厚くはさんだもの、あれだけでよかったのに。洗濯物は部屋の前につんでおいてくれたら、その山からてきとうに着たのに。

世話してくれなくていいから、仕事どんどんしてと言ってあげられること。

たたまなくていいから、休んでと言ってあげられること。

そんなことができる子どもではなかったことは少し悔しい。

でもそんなことができないのは子どもの特権だとも思う。

そういう日々を経たからこそ、意味がわかったからこそ。

親には「今の私なら手伝えるのに、当時はごめん」と言えるようになり（もういないけれど）、

子どもには「家のことなんて忘れて、今しかできないことを思い切りやんなさい！」と言える親になったのだけが、洗濯物なんてろくにたたまないけど笑顔でいられることだけが、お味噌汁とごはんだけは絶やさないということだけが、深夜にお腹減ったと言われたらラーメンを作ってあげる臨機応変さがあることだけが、私の成長の証。

友だちと犬がいなくなって、三キロ痩せた。驚異の看取りダイエット！　が成功した。

あの人たちの魂の重みって、たった三キロだったのかな？

いや違う。計り知れない大きなものを、私が今を生きているゆえに三キロでごまかしただけだ。

だから三キロの肉でも食べて、まだ生きているこの体に消化してもらおう。

今会える人に、今触れる体に、ものおじせずに突っ走っていこう。

そしてそこでできることを、惜しみなく分け与えていこう。

一回しかないから。この体でこの景色を見ることができる人生は。

いつかもしも私が別の人として地球に生まれ、

全く全てのことを忘れてしまっても、

今暮らしているこの街を歩いたらなんだか胸がいっぱいになるのだろうか。

犬を見たらかわいいと思うのだろうか。いつか飼っていたような気がするなと。

死んだ友だちみたいなたばこの吸い方をする人を見たら、なんだかわからないけど悩みを相談したくなるなと思うのだろうか。

そうだといいと思う。

空港で最後のビンタンビール

◎ふしばなとおすすめの合体（手抜きにあらず）

文章の力

私とサロンというかもはや女たちの過激派集団みたいな様相を呈している「よなよなの集い」[*8]をやっている上山麻実子ちゃんが、noteで密かにブログ[*9]をやっている。これがまたいいんだ。毎日、命のかけらをもらっているようなきらきらした文章。まみちゃんの握ったおにぎりやゆでたとうもろこしと同じで、命の力が入っている。人生の全てが瞬間の勝負なんだなあと心から思えるような文章だ。

最近、私の大切なかわいい秘書だったナタデヒロココちゃんのブログ[*10]を読んでいたら（これがまた、彼女のすばらしい人生にふさわしい、優しくて、いつも人をほめてあげて、いつも人に元気をくれる、ちょっといじけてるところがまた愛おしい、いいブログ[*11]なんですよ！　最近のことはこちらで読めます）、その中に出てきたとんでもない人ミユさんの自伝[*12]に圧倒されてしまった。比喩表現がすごすぎてゲラゲラ笑える。ほんとうに電車の中では読めない。私も一回コーヒーを噴いてiPadを拭いた。面白かったし、すごい人生だし、なにより素直なのが胸を打つ。

　特にいつのまにか（いつのまにかなれるものなのだろうか）大工になってしまって自分の設計で階段を作るくだり（なんとすごいことに、そこは今では貸しスタジオになっているのだが、その階段がまだある）と、ナンバーワンホステスになってなぜか店をつぶす話と、妹さんと「主」と呼び合うところが最高だった。決して文章がうまいというのではなく、ただただ命がありあまってあふれているのを正確に書いているので、しっかりと伝わってくるのだ。

　ものごとを全く一面からしか見ることができないでただ行動だけで突き進める人だからこその、ものすごいパワーがある。スピ界のアンミカというか、渚というか。人間って、これでいいんだよなあ、と思うのだ。

裏自伝[*13]というのもあり、とても悲しい内容なのだが、純粋さゆえ、若さゆえ、不器用ゆえに傷つかざるをえない人の生き様はそれだけで人を励ます。

　みんながそつなくなんでもリースやローンで、冒険しなくて、おとなしく丸く収めているよりも、凸凹がぐちゃぐちゃになって補い合うほうがいいんじゃないの？　と素直に思えるような、そんな人たちがまだまだいるっていうことが、私を幸せにする。

人間だってアリンコと同じで、数が多いからこそ助け合ってうまくこの地上を生き抜いてきたんじゃないだろうか。向いてることをやっている＝ただひたすらに自分であるというだけで、他者を救っているということになる。そんなよくできたシステムの中で。

宣伝としか言えないようだが、私と奥平亜美衣さんの本[*14]も、意味なくすごい。なにがすごいのか全くわからないままなのだが、なんだかよくわからないすごさで、すごいのだ。

自分で言うのもなんだが、この人たち、たしかに得体がしれない凄みがあるから、そりゃあ成功するよね、しかも不幸になるほどには成功しすぎないでちゃんと幸せを優先して味わうよね、ということが肌でわかる本だと思う。

肌でわかるほうが、理屈でわかるよりも取り入れやすい。ああ、この温度でいいんだ、こんな感じでいいんだと体得できるのがいいところだと思う。

兄貴のおうちで、獲れたての伊勢エビのおさしみとスープをいただいた。兄貴は何回も「エビは何時に来る？」と確認していて、来たらすぐに料理の指示をしていらした。

たいへんな手間と額だとわかっているのでいただくときには緊張するけれど、活きている！　味のエネルギーの前に圧倒されて、緊張を忘れる。理屈ではなくさっきまで泳いでいたその力が体にぐぐっと入ってくる。それが翌朝私をぱきっと目覚めさせる力に変わっていることがわかる。

　文章とか本も、だれにとっても、だれの書いたものであっても、そういうものであるといいと思う。

エビ汁

エビ刺し、1匹のエビを全部ちゃんといただきます

はみ出し

◎今日のひとこと

はみ出す人間力……それはコンビニのおでんをどうにかしちゃったり、保冷ボックスに入っちゃったり、十人くらいの子連れで居酒屋に入って大騒ぎして注意されたらむちゃくちゃ文句言うとかでは、もちろんないと思うんです。

先日大切な友人から聞いた話です。

友人のお母さんは気ままな一人暮らしをしていました。マンションの中は散らかっていても自分の大切なものばかり。たまに息子や娘が会いにくるのも楽しい。近所に友だちが

家族の後ろ姿

住んでいるのも嬉しい。

　近所の郵便局には親切な郵便局員さんがいて、重いものを持ってくれたり、なにかといろいろ教えてくれたり。

　すっかり気を許して、お友だちのようになっていたら、ある日お母さんのiPhoneをその人が勝手に「これはあなたにはむつかしすぎるから」と解約して、安い携帯を買い与え、差額を盗もうとしていたというのです。家からももしかしたら失くなったものがあるかもしれないと。

　こわくなって、お母さんは大好きな場所から引っ越しました。

　郵便局員が、仕事を逸脱して、おばあさんの面倒を見る。

　重い荷物を持ったり、買い出しを手伝ったり。それはいいはみ出しだったと思います。


昔の下町のように。個人として個人が個人を助ける。それだけのこと。

　しかし郵便局員の立場を利用して、軽犯罪をする。

　それは、「人間のクズ」！

　その差をかぎわけるのも、人間の力です。

　お母さんはきっと淋しくて、子どもたちが介入するぎりぎりまで信じたかったのでしょう。


　これもまた大切な友人から聞いた話です。

　美術の時間に、友人の娘は最近観た原爆の映画のことを思い返しながら、今の自分と、亡くなった女の子をいっしょに描きました。

　すると教師が「死んだ人や動物を絵に描いてはいけません」と言ったそうなのです！

　美術っていったいなんですか？　その流れ

の中で美術の歴史はどう教えるのですか？　「ピエタ」とか「ゲルニカ」なんてかなり死んでるからもってのほか、カラバッジオなんて生き様や存在自体がアウト？　ゴッホの自画像はなんで耳がないって説明するんですか？

老舗のうどん屋さんで若いお嬢さんが、冷たいだしに生肉やその他全部の具材をおぼんからずるずる引きずりながら突っ込んでぬめぬめ揺らしながらうどんすきを調理してくれました。

おいしさ半減です。もしそれをやりたいなら、具は先に入れておくやり方が私は好きです。

「生肉をあまり茹でない」は正解で、「鶏もも肉は水から茹でる」も確かに正解。

でも、うどんすきの場合は見た目的に微妙な気がします。よほどわかってる人でないと、血のしみたえのきなんて見たくないこともあるだろうし。

この間、息子が「バーチャルYouTuberって知ってる？」と言うので、ネットで見たら、初音ミク的な……かわいい女の子が普通のYouTuberみたいに話しかけてくれたりするものだったので、へえ、バーチャルね、確かにありかもねと言っていたら、

「友だちのイチ押しのバーチャルYouTuberはこれなんだよ」[*15]

と言って、これを見せてくれました　笑

(閲覧ものすごく注意！　夢に見るレベルの怖さです)。

さすが息子の親友！

これがいいはみ出しなのか、限りなくコンビニおでんつんつんに近いものかどうかはこの場合まだ微妙なのだが、ものごとの型が決まっていればいるほど、こういうことを絶対やっちゃうのが人類っていうものですよね。

決まった世界からはみ出していく力は、小さくても強く光り続けるのだと思います。人間というものの智慧の光。とても美しい光。

もし子どもや若い人がはみ出していて、それがとても美しいはみ出しだったなら、どうか応援したり優しい言葉をかけてあげてください。

冗談ではなく、それが地球を救うことになるかもしれません。

生ふなっしー

◎どくだみちゃん

甘い飴玉のレイ

飴玉みたいに、
死んだいろんな人たちと過ごした、元気だったときの最後の日を思いかえしてみる。

交わした会話。笑顔。感触。

痛みに耐えるためにあまりにくりかえしすぎて、すでに味が薄くなっている。

ほんとうはそのまま箱に取っておいて、いったん忘れて、忘れた頃にフレッシュに思い返したいのに。

薄れていくのが天の粋な計らいでもあり、悲しみでもあり。

いつまでも「今」にうずくまって、味わっていてもいいとさえ思っているのに。


風邪はもうひいてるからねえ、とお父さん。

またね、と母。

このくらいじゃ死なないわよ、と友だち。

また西山にも必ず遊びに来てくださいね。

ばななさんってアッコちゃんみたい。アッコちゃんスキスキの。

僕は人妻には手を出しませんよ。ばななさんにはいつも感謝しています。

いろんな人の最後の言葉。


そして犬たちや猫たちのことも。

最後にそのふさふさした体に顔を埋めたとき。

最後におでこの匂いを嗅いだとき。最後に口移しで水をあげたとき。なんでもっと長く一緒にいられないんだろうねと泣きながら思った。

いつかこの飴玉がお花で作るレイみたいに長くなった頃、私もまただれかのレイに加わることになる。

こんな短い旅の中で、
なんで人を憎むことなどできよう。
なんで動物を殺すことなどできよう。
そのようなことをする人たちを未熟な私は素直に憎むが、
その人がそうなってしまった道のりは決して憎まない。

かき氷

◎ふしばな
人づきあいへの復帰

昔の私に「人前でしゃべったりする仕事もするんだよ、歌ったり踊ったりすることさえある！」なんて言ったら、きっとゲラゲラ笑って、ないない！　と言うだろうと思う。

人前に出るというのはそれなりに見た目も整えるということだと思うけれど、めんどうくさくてネルシャツの上にネルシャツを着るという斬新なコーディネートをして、私よりもいっそうズボラな友だちにまで「それはいくらなんでも」と言われたくらいだったから。

高校生からの彼氏と大学生になってから別れて、しばらく全く外出しないで家でじっとしていたら、外に出たとき声がうまく出なくてびっくりしたことがある。

自分の声が変にこもって聞こえて、コンビニで自分の声に「あれ？」という顔をしてしまうほどだったのだ。

これが一ヶ月二ヶ月さらに数年の引きこもりとなれば、もはや道を歩くのもむつかしいであろうということは容易に想像できる。

彼とは数年間にわたり三百六十五日ほぼ毎日会っていたので、初期の頃はただ悲しかったけれど、そのことで家で泣いたり苦しんでいたというよりは、ただ出かける相手が見つからなかっただけだった。

友だちはいたが会ってもどうせその失恋の話になるので、気持ちが沈むだけだと思った。今はじっと耐えるしかないんだなあとひとりで思っていた。

そのとき、この世にこんなに気持ちに合ったひどい（いい意味で）歌があるだろうか？　と思った歌[*16]があり、調べてみたらユーミンが歌詞を作っていた。さすがだ！　と思う余裕も当時はもちろんなくて、この歌の内容通りにただじめじめと悲しんでいた。

人に話しかけられると、反射的にどぎまぎして声が上ずってしまう、そのくらいに引きこもりライフを極めてから、私はじょじょに外に出ていった。

接客業もいくつか体験し、自分の心の中身がどういう状態であれ、それは隠して明るく人と話すこともできるようになった。

当時、電車に乗ると近所に住んでいる彼と彼の新しい恋人に会ってしまうのではないか？（実際に何回か会ってしまった）とこわくて、ずっと顔をふせていたのに。

そんなようなことを経験しているから、よくわかる。

一歩一歩進んで、また少し下がって、また一歩出て、小さな成功（近所のおばさんと立ち話など）を重ねていけば、また必ず人と会えるようになる。そんなの当たり前のことだけれど、自分から声が出るのさえ不審に思うようなときには、そんな未来は絶対に信じられないものだ。

そして悲しいことに気づく。

世間は、私がハゲていようがブスだろうがすっぴんだろうが、真っ赤な服を着ていようがほぼ裸だろうが、人とうまくしゃべれなかろうが全然気にしない。どうでもいいのだから。彼らは一瞬振り向いたりあざけったりするかもしれないが、晩ごはんの頃には忘れているだろう。

だから、私が落ち込んでいたり、ネルシャツにネルシャツを重ねていたり、若干食べるペースが落ちていたりすることに気づいてくれる輪の中にいる人たちが、とてもとても貴重でありがたいということにも気づく。

癒しは、電撃的に訪れたりしない。

構えができている人に「目をあけてごらん」という感じでじょじょにしみこんでいて、気づいたときには世界に色が戻っているんだと思う。

湖、多分会津

ブーゲンビリア

ヴィレッジ

◎今日のひとこと

ものすごくテーマがわかりにくいどんでん返し的映画だったんだけれど、ナイト・シャマラン監督が撮った「ヴィレッジ」[*17]という映画があります。

　多少のネタバレになりつつも紹介しますと(今からはりきって観るつもりだったのに！　という人……あまりいないような気がするけど……はこの後を読まないでください)、「ひどい目にあった良い人たちが、もうこの世の中なんていやだ、良い人だけで生きたい！　と思って実行するんだけど、良い人だけで集まっても、人が人である限り悲劇はや

ばら

っぱり起きる」というような話で、ああ、わかるなあと思うのです。

私の本を熱心に読んでくださっている方たちは、どちらかというと世の中にうまくすんなり溶け込んでいけなくて、なんとか自分なりの生き方ができないだろうかといつも願っている人たちだと思うのです。

芯はとてつもなく強いけれど、どこかがとても繊細で、いつもその日のいろいろなことにしっかり動揺して、せめて寝る前くらいは静かな心の居場所をほしいと切に求めているような人たちなのです。

私は、同じように生きるのに不器用だけれど自分なりに生きている人たちを、地上と夢の中間くらいの小説世界で描き、その小説の中の人たちの心の動きに沿っているうちにいつのまにか読者の心にも居場所ができるということを願っているのです。

それがたとえ架空の世界でも、「ヴィレッジ」のように儚い夢であっても、しばらくのあいだ心の自由を味わえば、人は力をもらえると思うのです。

そういう小説を書きたいのです。

スヌーピーミュージアムの壁

◎どくだみちゃん

オレにだって

なにもかもが面倒で、体も思うように動かなくて、なにをしても息苦しくて、今までやってきたことなんてみんな徒労だ、
こんなにたいへんな思いをしても、ほとんど伝わらないじゃないか、
だってあの人たち、あんなに愛したのに死んじゃって、
もう私の元にいないじゃないか、
どんなに心をこめていっしょに過ごしてもどうせ動物たちは先に死んでいくんじゃないか、
そんなふうに思う日だってもちろんある。
インタビューでよく「ひどく落ち込んだときは何をしますか？」と聞かれるが、とっさには浮かばない。
でもきっと、そんなときは意識せずに単にひとりになるんだと思う。
ひとりになって、眠れたら眠る。
そして目を覚ましたとき、愛する人でも動物でもいい、なにかが部屋で動いていてくれたら、それを私は奇跡だと思える。
急に空が晴れて虹ができたときみたいに感謝ができる。
感謝ができたらもう、自分が救われている。
なんでこんなに悲しいことが多いんだろうなあという時期、バリのホテルの一人部屋に帰って寝ようとしていたら、
「私の部屋クーラーがきかないからそっちに行ってもいいですか？　先に寝ててください、

シャワー浴びて支度ができたらそ〜っと寝に行きます」

といっちゃんが別れ際に言った。

いいよいいよ、もしかしたらもう寝てるかもだけど、ドアを開けておくね〜、と私は答えた。

まるでセクシー担当の秘書のように、夜這いのように、

私がほとんど白目をむいて眠りかけている部屋にそっといっちゃんが入ってきた。

そっと隣のもう1台のベッドにすべりこむいっちゃんの影が部屋の壁に踊って。

あ、いっちゃんだ、いっちゃんの形だ。

そう思ったら、とても幸せになった。

こんなにもそっと入ってきてくれるなんて。

ほんとうは暗い中で携帯を見たりしたいだろうに、気をつかってきっとそっと明かりが私に見えないように、変な姿勢で見ているんだろうな。

幸せだなと思った。とっても幸せにまた眠りに落ちた。

淡い光と影の中で。

いっちゃん

◎ふしばな

読者

私のサイン会に並ぶ人はどの国の人であっても、みな「すごく弱っていたとき、困っているときにばななさんの小説を読んでなんとか生き延びた」というようなことを言ってくれる。書いていてそれほど嬉しいことはない。

最近でいちばん嬉しかったのは、神経科の病棟に入院していて、毎晩恐ろしいものがやってくると怖がっていたとき、私の小説を音読したら大丈夫だったたという感想だった。私はまさにいつもそれを思い描いて小説を書いているからだ。

村上春樹さんの「木野」という小説とか、「騎士団長殺し」という小説などは、私にとってはまさにそれにあたるもので、もう明日の朝起きられないのではないかというようなつらいときに、心をどう保つかということに必要なあるトーンが書いてある。

読んだ後、家をそうじしたりして、主人公と同じトーンに心を整えた。

本というものは、そんなふうに実用的なものなのだ。

このところのきつさを私はただだらだらと「ダーク・タワー」を読むことでやりすごしているが、あまりにも内容が怖すぎて読み進めない。ローランドのかっこよさとジェイクとオイのかわいさでなんとか気持ちを保っている感じだ。

どうせこの人たちほとんど死んじゃうんだろうなあと思いながら（でもそれがキングというもの）……。

山田詠美さんのサイン会に「もっと強くなりたい」「もっときれいになりたい」「もっと粋になりたい」というようなことをアグレッシブに本気で願う人たちが来て力をもらい、ゲイの方々が孤独な生き方を励まされて救われているのと同じで、餅は餅屋、私はやはり弱っている人の心を刺激しすぎずに寄り添うものを書くのが得意なんだろうと思う。

今の時代は本だけが窓ではない。ブログ[*18]でも、メルマガでも、Twitter[*19]でも、電子書籍でも、書籍でも、そのどれかひとつでつながってもらえても、私の文章は人々の生活を励ますことができる可能性がある。

なんていい時代だろうと思う。

さらに、その全部を読んでいるコアなファンがいるとしたら、その人たちにはもし私が文章を書くことに関して嘘をついていたらすぐわかってしまう。これもすばらしいことだと思う。

小説家としてだけではなくて、「とにかく息をするように文章を書く人」という職業として存在していきたい。でもその新しい職業を支えるのはあくまで小説がちゃんと書けているという一点だ。

とても大切なことだ。

スヌーピーミュージアム

あじさい

魔法のタイミング

◎今日のひとこと

私は少し先のことがかなりの確率でなんとなく（はっきりわかればいいのに、あくまでなんとなくにすぎないのがミソ）わかってしまうので、なんでも先取りして行動してしまうくせがあるのです。

現実的には人が「意味わかんない！」というような行動を、できごとが起きるずいぶん前にやってしまい、後からその意味がわかるということなのですが、そのときはなんでそんなことをしているのか誰にも（もちろん私本人にも）わからず、闇雲に「こうしなくては」「どうしても今こうしなくてはだめだ」

すごいタオル

とだけ思って行動しているのです。

そのことでどんなに多くの納得できない、もやもやした人を生み出してきたか。また自分も「これは衝動的にやってるんじゃないんだ」とうまく説明できなくて苦しんできたか。

でも後になるとやっぱりわかるんです。やっておいてよかった、と思うんです。


でもそのことで人を傷つけてしまうこともたくさんあって、さすがにその重みに打ちのめされそうになったとき、友だちのお母さんが私に言ってくれました。

「その先読みの力は、ギフトであり、マジックなんだから」

「あなたはほんとうは誰よりも落ち着いた子なのよ、でも小さいときから生きるために歌ったり踊ったりして周りのきげんを取ってきたからね。もういいよって言ってるよ（あなたのインナーチャイルドは）」

そうだ、自分の直感と体の勘を私が信じなくてはいけないんだと心から思い、涙が出ました。

そんなふうに正しいタイミングで正しいことを聞くことで、私たちは先に進んでいけるんですね。


そう言えば、サンディークムにいただいた私のハワイアンネームは「愛の魔法」でした。

そのマジックを、もう一度しっかりよみがえらせなくてはと心から思いました。

◎どくだみちゃん

赤ちゃん

女の子がほしくてがんばったけど、人間の女の子は授からなかった。

でも犬の女の赤ちゃんと暮らしているから、幸せだ。


おしゃまで、いじっぱりで、かわいくて、毎日私にまん丸の目で聞いてくる。

ママ、私のこと好きだよね？ 私の全部が好きだよね？ ここにいていいよね？ もうこれまでいた狭いところに帰らなくていいんだよね？

あまりにもかわいくてまっさらなので、こちらの心もまっさらになる。

あまりにも死んだオハナちゃんにそっくりなその背中、耳、足。

オハナちゃんよりずっと健康で子どもっぽくていたずらだけれど、面影が重なりすぎて、たまに背中に顔を埋めて泣いてしまう。

なんで泣いてんの？ ママ。おやつおやつおやつ！ ちょうだい。

私は他のだれでもないよ、泣いたりしないで。

子どもが家を出る頃、今飼っている犬がきっと天寿を全うしてしまうだろうから、そうしたらたくさん泣いて、またフレンチブルと暮らそう……。
そんな人生設計が飼っていた犬の急逝によってぐちゃぐちゃになってしまい、
私はいつのまにかフレンチブルといっしょ

にいることができている。
人生の不思議。
人生の悲しみと喜びの織りなす模様。
いつのまにかいっしょに寝ている、あったかくて黒くて丸い懐かしい塊。

小さい頃飼っていたチャッピーに顔を埋めて、毎日ブラシをしていた頃からずっと、犬は私のとなりにいてくれた。
人類のかたわらに犬がいてくれてほんとうによかった。

子犬の眠り

◎ふしばな

平良ベティーさんのセッション

この人のことを、「すごいなあ」とずっと思ってきた。

正しくないことを一個もしない人だし、この人といるだけで、あらゆる人のあらゆる嘘がいつのまにか残酷なまでに露呈してしまうのである。

これはもう、だれかが百パーセントありのままでいることの凄みとしかいいようがない。そうすると他人から見たら完璧な「鏡」になってしまうのだ。

私とは正反対の性格だからこそ、よりすごさを感じるのかもしれない。そして彼女のこれまでの人生のたいへんさを思うと、気が遠くなる。だれかを恨んだり決してしないまま、成功し、今は静かな生活を手に入れた人。

この一時間の二万八千円ほど、「出して悔いはない」と思うことはなかった。こういうのを「適正価格」っていうんだろうなあ。

表面的な対話ではなく、ほんとうにいちばん深いところの問題点を決して下品にではなく、押しつけがましくもなく、くっきりとえぐりだしてもらえたからだ。

ほんとうにこちらのことを思ってくれているから、むだな会話もなく、なぐさめもない。そのことがどんなに私を救ったか！

この章の頭にも書いたが、私の先読みができてしまう能力、これで私は多くの人を傷つけてきた。脈絡がない衝動的な行動と取られてもおかしくはないことばかりだったからだ。

具体的に例をあげよう。

ある正月、もうどうしてもこれはなんだかわからないけれど、数日間どこかに避難しないと心がどうにかなってしまうという衝動にかられ、そんなにつらいならおいでと言ってくれたので、四日から女友だちの実家にむりやり居候させてもらった。友だちのご両親も喜んで受け入れてくれたが、お正月なんだから実はめんどうに決まっている。それはわかっていたのだが、行かないともうどうにもならなかった。

実家にはちゃんと三日まで顔を出したのだが、こういうときの私の母はものすごく粘着質な性格で、相手が倒れるまで決して意地悪をやめない。

実際、こんなときに家に顔を出さないなんていかに私が親不孝で腐っているかをえんえん数ヶ月間言い続けたし、そうなるとわかっていたのだが、今回は絶対行かなくてはいけないという気持ちで行った。

地元から引っ越したということも母にとって決して許せないことだった。そんな金があれば親に別荘を買えなどと言っていた。そのことも数ヶ月間言われ続けたものだった。

お腹に赤ちゃんがいるときに、「宴会に行けない、腹が痛いから」と言ったら、それも数時間ねちねちと責められたものだった（自分も体調が悪いのに顔を出さなくてはいけないのに、おまえはなんだ、この親不孝者、自分勝手！　みたいな）。

母のことは愛しているが、母のその面を思い出すと今でも絞め殺してやりたいと心から思うし、それでいいのだと思う。

そのときに、「せっかく正月に休みに帰ってるのに休めないし、家族を取られる」という嫉妬の気持ちと戦いながら泊めてくれた友だちにはほんとうに感謝している。

というのも、あとからちゃんとわけがわかったのだが、そのとき、なんの恋の下地もなく行ったのに、その家にいた友だちのお兄ちゃんにいきなり長年の愛を告白されて、結果、私はそれから五年もの間、そのお兄ちゃんとつきあうことになるのだ。

全く予想していなかったことだったが、私にとってそれは全く未知のことだったので、そして憧れていた普通の恋愛だったので、素直につきあおうと思ったのだろう。

「これは新しい！」というのが私の正直な感想で、ちなみにそのことを私の亡くなったサイキックの友人は言い当てていた。

「さっきいっしょに電車に乗ったとき、まほちゃんの隣に男の人が急に立ったのが見えたのよ。今山から降りてきたみたいな服装で、グルメじゃなくて、太ってないけどがっちりしてる人。きっとだれかがまほちゃんを思ってるんだと思うよ」

数ヶ月前にそう言われたとき、全く思い当たらなかった。うっすらと「それは彼だ」とさえ思わなかった。そのくらい意外な人物だったのだから。

……というわけで、私がありえないと思うような動きをするときには、確実になにか見えないものを先読みしていることが多いのだ。

ベティーさんはまず私のセルフイメージがそのタイプのことで母に責められ続けた人生経験によって、とても弱くなっていて「生き延びていくには明るくふるまうしかない、人を喜ばせないと殺されてしまう」というものであるからややこしくなっているということをさらっと上手に言いあて、オンとオフの使いわけができるような方法をいくつかアドバイスしてくださり、さらにその、少し後ろめたく思っていた「先読みで人を傷つけてしまうやり方をもうやめたい」という私に「その先読みの力はマジックなんだから、手放しちゃダメだし、もしも変えようと思ったらそれはブラックマジックになって返ってきてしまうと思うよ」と言ってくれた。

その力でこれまで生き延びてこれたんだから、ただ、これからはもう、外に出たとき全面的に開きっぱなしにならないで、ちゃんとオフにして、集中するときはしたり、だれもかれも招き入れて自分を安心させる方法は取らないようになるフェーズに入っているのだから、今いる、不適切な時間、ギャップの時間から抜け出て、過去のことはちゃんと水に流して、新しいフェーズにもうほんとうは入っているからそこに参加しないとね、と言ってくれた。

「あなたは、おはぎが一個あったら、それを切り分けて『みんなで食べよう』っていう人で、それはとてもいいことだけれど、もしもすごくおはぎが食べたいときだったら、『これ私が食べていいですか？』って言って食べてあげたら、あなたのウニヒピリは喜ぶの。もし99・9パーセントが納得していることでも、そこにたった0コンマ00001……限りなくないものに近いパーセンテージだったとしても、違うところがあったら、それは残りの99・9パーセントを破壊してしまうくらいのことなの。だから100パーセントコミットしてないことを、あとほとんどがゴーサインだからっていってやってしまわないで」

全く情はなく、愛のみで、ほんとうは母が私に言うべきだったことを言ってくれたので、私の心は「やっぱりそれでいいんだ」と思ったのだ。

Betty's Room[*20]はこちらです。

ばらの海

出会うことと気づくこと

サウナに学ぶ

◎今日のひとこと

どうやって入るのか、なにをするのか、本や映画では見るけれどほんとうはよくわかっていないのに、あてずっぽうでできとうに行ってみたフィンランドの公共サウナ。

サウナの中にいつつもむちゃくちゃ化粧が濃い日本人の女性（たぶん三十代後半か四十代前半）がふたりいたので、「これは何に使うのですか？」と聞いてみたら、「おしりに敷くんだと思います」とにこやかに教えてくれたので、そのあと会うたびにちょっと近況を報告してみたり（『凍った海、入りましたか？』『あっちのスモークサウナは行ってみ

「Salakauppa」の雪だるまマトリョーシカ

ました？』）したのですが、にこやかなれどアンフレンドリーで、落し物を拾ってあげても目も見ないで「ありがとうございます」のみ、できれば話しかけないでほしいなという雰囲気に満ち満ちていました。

そしてなんとなく動きも固い。異国で緊張してるからもあると思うし、用心もしているんだろうと思う。私なんて刺青入ってるし！

でも今までの観察によると、そういう人たちほど、「フィンランドでサウナに入ってみた！」みたいなふうに場慣れしたブログを書いたりするんですよね。そしてそっちの自分とのギャップに苦しんでしまう。

緊張して、うまく動けなくて、あれこれ失敗して、でもいつもどんどん成長して変化していくというのなら、すっごくわかるんです。

でもきっと彼女たちは一生固まったままで、広がらない旅行を重ねていくんだろうと思うんです。

きっと日本人って「仲良くなって晩ごはんとかなるとめんどうだし、連絡先聞いちゃうとしばらくたいへんだし」「もし変な人でお金を騙し取られたら困る」まで考えちゃうんでしょうね。

そして、だから人生がモヤモヤしちゃうんでしょうね。

お友だちとふたりだけならどこまでも気楽だけれど、空気は日本にいるときからあまり動かないですもんね。

もちろん私もそこで丸尾兄貴のように相手の固定観念をくつがえすほどに明るく話しかけ続けちゃったりはしなかったので、お互いさまだなと思います。

後から五人くらいの日本人男性が入ってきて、中学生や高校生がいたせいか、うちの子どももいたし、彼らとはとても自然に話をしたんです。

あっちに鍵落としてましたよ、とか、海に降りて行くはしごにつららがついててめちゃくちゃがっくりくるね、とか、あと何杯水足しても大丈夫？　とか。

どうもおじいちゃんがヘルシンキに住んでいるみたいで、じーじのうちではとかじーじの庭にはさ、とかいう話をみんながしていました。

なんだかいいなあ、男の子とお父さんとおじいちゃんで、みんなそっくりな顔で、みんなでサウナに来るって。

おじいちゃんが海外在住だからなのか、彼らは別に会話する前から開かれていました。

相手が変な人ならさっと扉を閉じてもいい（まさにオレが変だからいいのだ！）。

友だち同士しゃべりたい旅なら、晩ごはんやお茶は誘われても断ってもいい。

でも、開いていないと、なにも起こらない。

並んで海を見たあの男の子たちとは別れの挨拶さえしなかったけれど、心が通った感じがありました。

フィンランドのサウナでは、お客さんが自分でサウナの石に水を注いで温度を調節するのです。蓋の取っ手と石の熱さのかねあいなどがかなりワイルドな装置でドキドキしましたが、サウナの蓋を開けてくれたフィンランド人のお兄さんと、ひしゃくで水を入れたうちの子どもは、まるでもちつきのように、言葉が通じないのに笑顔で呼吸を合わせていました。

　そういうのがあったほうが人生はいいと思うのです。

　あのおじょうさんたちも、いつか通りすがりの誰かと、心からの笑顔での短い、一生に一度の会話を楽しめる旅人になりますように！

デザイン美術館のガラス作品

◎どくだみちゃん

孤独

その人の目を見ているだけで悲しくなった。

彼が笑顔になるとかえってたくさんの悲しみがこぼれてきた。

これまでひとりでずっと悲しみに耐えてきた目だった。

その悲しみは本人が不器用であまり感情を出せないから、
人が近づけないことから来るのだろうから、
本人のせいではあるんだけれど、
そう言い切ってしまってはいけないないにかがあった。

その悲しさは抜けるように青いその場所の空と、一日中凍っている石畳にあまりにも似合っていた。

前に会った悲しい人の目に似ていた。

その人は倒れてしまい、助けにきた初対面の人たちに「すみません、数年前の11月に母親が首をつって死にまして、それ以来この月になると具合が悪くなるんです」とまっすぐに淀みなく言っていた。

それがあまりにも悲しすぎて、かわいそうと言い切ってはいけないなにかがやはりしっかりと存在していた。

孤独とふたりづれで歩いている人たちは、孤独が人の形に育ってそっといっしょに歩いている。まるで影のように。

まるで「ふしあわせという名の猫」という歌のように、ぴったりと寄り添っている。

だから淋しくないんだと言われたら、ほんとうにそうなのかもしれないと思う。

青空の下で、星影の道で。

彼らはちゃんとなにかといっしょにいる。

堂々として、そして悲しく透明な目をして。

99ページと同じところのガラス作品

◎ふしばな
床上手

菊地成孔さんが言っていたのだが、ほんとうにすごいと思った。

「マッサージとセックスって同じことじゃないですか？　少なくとも僕にはその違いが全くわからない」

この言い方、深すぎる！

つぼというつぼを間違って押す人もいる。

緩急をつけつつも自分のやり方に上手に持っていく人もいる。

そして自分のなにかを相手の心と体に入れ込もうとするちょっとだけ支配的な人もいる。

ドMならきっとこういう人のほうが合っている。

よく行く米ぬか風呂では、日替わりでいろんなおじょうさんがぬかに埋めてくれる。

こちらは全裸、超無防備で、されるがままである。

かなりのセクハラ発言だとわかっていて、有料メルマガならではの発言かましてよかですか（小林よしのり調に）？

ぬか風呂で人をぬかに埋めるのがうまい人は、絶対セックスもうまいと思う。

下手な人のほうの話はまあ置いといて（ほんとうはいろいろ指導してあげたいが、とにかくそういう人はせかせかしているのだけは確か）、

うまい人は共通して、ちょっとおっとりしてとろんとしている。そして「まだそこにいるんですか？　もう埋め終わってないですか？」というくらい動きが落ち着いていて、水を飲ませるときもどこにストローを持っていけばいいかわかっているし、どこに熱いぬかを配分したら相手が気持ち良くなるかをしっかり見極めている。そして相手が気持ちいいと自分も気持ちいいエネルギーをもらえるから重労働だけどいいわ、とおっとり思っている。

そういう人たちは真実を体で理解している。

少なくとも男の人たちは、こういう女性を離さないのだと思う。

だとすると、きっとぬか漬けを作るのがうまい人はセックスもうまい、そこまで考えが至る。

きゅうりだってちょうどいいぬかの柔らかさや菌の具合の中に気持ち良く埋まったほうがいいお漬物になるに決まっていると思う。

フィンランドの教会の天井

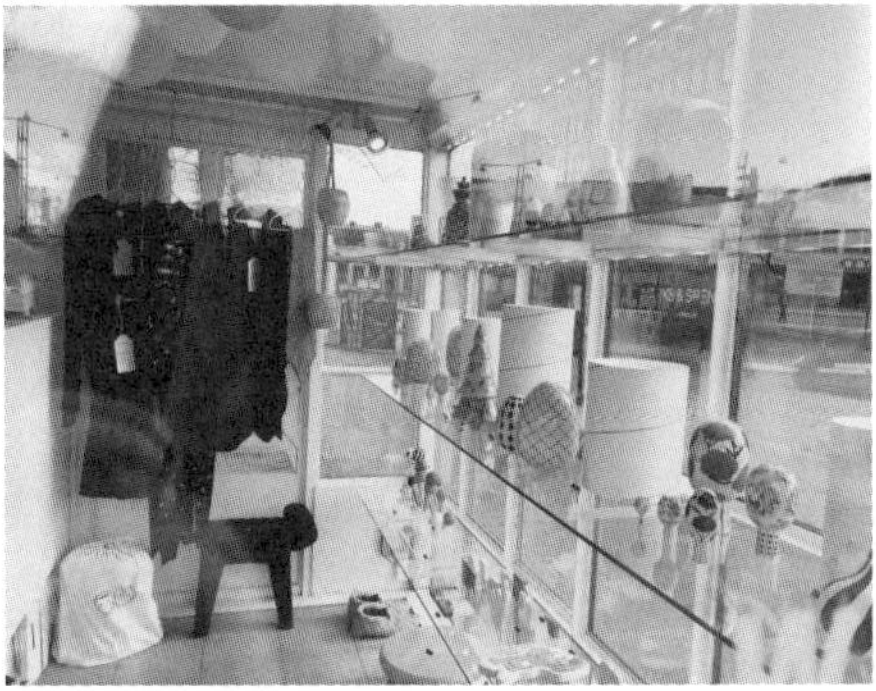

「Salakauppa」の店内

こんなに小さなお店なんです

お金じゃない角度で

◎今日のひとこと

　うちからは少し離れているので毎日のようには行けないのですが、世田谷代田の駅から新代田に向かう途中、環七沿いのラーメン二郎の近くに、いつもしゃきしゃきのお花がいっぱいの小さなお花屋さんがあります。

　前に新代田の「RR」[*21]（ここもコーヒーがおいしくて近くまで行けば必ず立ち寄りたいところ）で永野雅子さん[*22]の展覧会があったときにお花を買って見つけたのです。

　グラウベルコーヒー[*23]で豆を買ってからそこに行くのが私の黄金週末なのですが、忙しくてなかなか叶わず、それができるとごきげん

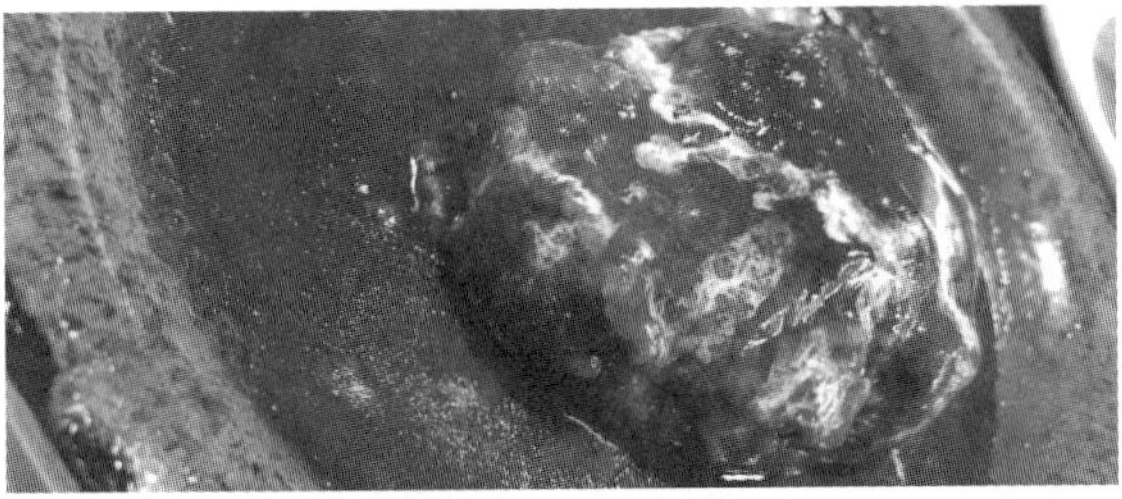

写真は渋谷「千」のたまにしか出ない煮込みハンバーグ。今はなくなってしまった「セイチーズ!」の流れを汲んでいるここのハンバーグが私的にはいちばん好きな配合

であります。

お花屋さんには決して愛想のよくはないおばちゃんがひとり。でも花のほうが全てを語ってくれていて、私はいつもちょっとしかお花を買わないのですが、ちょっとなのにわけへだてなく教えてくれるんです。

「このお花は花瓶の水を三分の一にしてね、できれば毎日少しでいいから水切りをして、三日に一回くらいは漂白剤で花瓶を消毒すると、すごく長持ちするから」

もしもお金という観点から見たら、しょっちゅう花を買ってほしいなら、長持ちしないほうがいいんですよ。でも花を愛してるから、そのアドバイスをするんですね。

また、ご自身が毎日毎日こつこつと花をきれいに保って活き活きさせているからこそ、花が雑に放っておかれることのほうがいやなんですね。

全くもってお金のためじゃないんです。

私は、小説に対してこうでありたいな、といつも思っています。

タイラミホコさんの花びんとムスカリ

◎どくだみちゃん

おじさんの面影

こえ占いちえちゃん[*24]のアトリエのそばにも、小さな花屋さんがある。床はコンクリで毎朝デッキブラシで流しているのであろう清潔感。ありふれたプラスチックの桶にいろいろな花がさっくりと入っているだけ。

　でも、冷たい水で手を冷やして、毎日ちゃんと手入れしてないとこんなに花はすがすがしい気を発散できないな、とわかるお花屋さん。

　おじさんお花ちょうだい、ちえちゃんは言う。そこの、ゆりがいいかな。

　おじさんは言う。全くもうかんなくて首も回んないよ。

　ちえちゃんは言う。だめだぞ、そういうこ

と口に出すとほんとになっちまうよ。

　おじさんは言う。いけねえいけねえ、そりゃそうだな、いやあ、もうかってしょうがないね、はい、お花。

　ちえちゃんは言う。ありがとうおじさん。


　あのおじさんとこの花はよく保《も》つんだよ。あのね、アトリエにはなるべく花を飾るようにしてんの。みんな花を見るしね。悩んでてもね。

　家族を置いて東北から東京に出てきて、月に数週間のひとりぐらし。ちえちゃんの暮らしの中におじさんがいて、花がある。

　花はおじさんによってきれいに整えられ、その命をちえちゃんが大切に飾る。

　そういうのって、そりゃあとってもいいものだよなあ、と私は思う。


　人の暮らし、会話、エネルギーのやりとり。お金だけだったら、無人でいい。

　無人の店に花がきちっと管理されて自動販売機でね。

　実際に六本木や銀座で見たことがあるし、花の自動販売機。

　でも全てがそうなってしまったら、私はあのおじさんの残像を見るようになると思う。とても美しい幻として。

　一回しか会ったことないあのおじさんの。水仕事で荒れたごつい手を。

　もしお金がエネルギーであることが理解できるように、
　エネルギーもお金であることがしんから理解できたら。

怖いことはほとんどなくなるし、退屈もなくなる。

ちえちゃんとたまごちゃん

◎ふしばな　桜井会長みたいに

父が亡くなったとき、桜井章一さんは筆で書かれた立派な袋に入った多額のお香典を送ってくださった。

私はあわただしい中、とおりいっぺんのお返しをしただけだったけれど、今もあの文字を思い出すと涙が出る。

清潔で、気持ちがこもっていて、力をもらった。

お金の問題ではなくて、佇まいの問題なのだ。

私は毎日お金を出す中で、あんなふうに心を込めているだろうか？

そうでもない気がするし、そうなりたいな

と思うと毎日がもうほんとうに楽しい冒険である。少なければ少ないなりに工夫して、制限にはならないようにがんばって、ケチにもならないようにする。もう最高にむつかしいパズルみたいで、胸が躍る。

「一人前になるには子どもを持ちなさい」的な話では全くなくて、子どもが生まれる前、私はプチ金持ちだったと思う。あくまでプチ。数千万円（億には決して近づかない）をいつも持っている、そのくらいの。もう子どもを持つことはないと思っていた。だから部屋を借りたり服を買ったりやたらにアシスタントを海外に連れて行ったり、むだ使いをたくさんしていて、それはそれで必要な経験だったからいいと思うけれど、今でもたまに思うのだ。

子どもを持たないということは、そのぶんのお金が浮くということで、それはそれはすごい額なのだ、どの人にとっても、どの家庭にとっても。

それはそれですてきなことだと思う。

きっと実家の改装と親の死と出産がなかったら、一軒家がほとんど自費で買えたのではないだろうか。

じゃあ子どもいりませんでしたか？　と聞かれて、「いなきゃよかった」と思う人がいたなら、それはもうほんとうに悲しいことだと思う。

きれいごとではなく、明日からワンルームに家族三人で暮らして犬も猫も亀もぎゅうぎゅうづめだよと言われても、あの子と暮らしたい。そして自分はやるだろうと思う。全然苦労と思わないだろうと。

書いているときにこれがお金になると考えることはない。

　きれいごとではなく、切り離されているのだ。

　いっしょうけんめい書いて、自分のため、人のため。

　結果として入ってくるお金の大小ではなく、書いたことがだいじ。

　それが正しいお金とのつきあい方ではないだろうか。

　しかしこの話をすると「だったら無料でお願いします」と言ってくる人が必ずいて、それは違うと思う。無料だと必ず粗く扱われてしまい、文章が悲しむ。帰ってきてキャシーのように（嵐が丘の）窓を叩くのだ。きっと無料で使おうとした人の窓辺にも行くと思う。

　そういう生き物を扱っていることを忘れたくない。

渋谷のヨシモト∞ホール

十日間

私が彼女にあげられたのは、いちばん望まなかった、管につながった十日間だけ。

夢だった野垂れ死ができなかった、私のせいで。

でも彼女は、「先生も看護師さんも美人で、まるで天国なのよ、病院もいいわね」「みんなが会いに来ちゃって、これはパーティってことね」と言っていたし、きょうだいに素直に甘えていたし、もう会えないかもしれないと思っていた九十過ぎたお母さんにも会えたわけだし、いいだろうと思います。

◎今日のひとこと

ゆいこ

肩が痛い、だるい、悪いのは肩だけなのよ！　とイライラして叫ぶ彼女（絶対肩だけじゃないと思うんだがな！）は、確かに部屋で干からびていたときよりもうんと辛そうでした。

栄養と水分が入ってしまったぶん、痛みも戻ってきてしまったのだろう。

あのまま死なせてあげたほうがよかったのかなとさえ思いました。

お医者さんが病の宣告に来たときも、「聞こえない聞こえない、聞かないふりしようっと」と言っていた彼女　笑。

肩をさする私に「忙しいのに揉ませてごめんね、もっと強く押していいのよ」という彼女に、「あまり強く揉んじゃうとまずいことになるかもしれないからさ、このくらいでね」と私は言い、ていねいに肩をさすり、おでこをなでていたら、彼女はすごく気持ちよさそうにぐうぐう寝てしまいました。

帰ったら悲しむかなと思いながら、あまりによく寝ているので、そっと病室を後にしました。あの眠りを一回あげられただけでも、やっぱり救出してよかった。

さよなら。ありがとう。

私の人生って、どんだけ、珍しいことが起きちゃうんだろう！　今回のできごとを全部小説に書いたら、できすぎているとすぐボツになってしまいそうです。

写真はたかのてるこちゃんが撮ったものです。
若き日の*25彼女、美人さんです。亡くなるときもやっぱり美人さんでした

◎どくだみちゃん

彼の光

夕方の光があたりに満ちていた。

送りの気配だった。

彼はとてもきれいな目をしていて、髪の毛が風になびいていて、

「ずっと言おうと思ってたんだ。あのときはごめん」と私に言った。

となりにいた妻がぽろりときれいな涙を流した。

「私たちみんなあの頃余裕がなかったもの」

と私は言った。

「あなたはいつも完璧で、いつも最高だよ。だから離れているあいだもずっと応援していたよ」

心からそう思っていた。


彼の目の中にあったもの。うそのないもの。夕陽の力にふさわしいもの。

彼女が死ぬとき、彼はかばんからカメラを出した。

みな少しぎょっとした。

彼は彼女にカメラを全く向けず、窓の外の光だけを撮った。

そういう人だ。決して間違わない。

神田「TETOKA」のすてきな花

◎ふしばな
あの日

これまでの人生で何回か救急車に乗ったり親を乗せたりしたことがあるが、今回ほど救急隊員の方たちが真剣だったことはなかったし、病院選びも慎重だった。

これまで見てきたのと全然違う。あたりまえだがやはり重篤な人だと、扱いが違うのだ。

彼女の体を見たときの、隊員たちの隠そうとしても隠せなかった衝撃の表情、初めて見るレベルだった。

彼女は笑いながら「すみませんねえ！　裸で」などと言っているのに（うちのスタッフのいっちゃんが、『首から上と下の状態がそろってないって大変なことなんだなあと思いました』という名言を残した）。

すごく勉強になった。

車の外で病院が決まるのを待っていた私にも最後まで「決まり次第お伝えします」と誠実に接してくれた。


亡くなるとき、あの有名な心電図とか脈を測る機械が、ピーっと波をなくすところを初めて見た。

親御さんは間に合わず、そこにいた六人の彼女の友だち全員が「ありがとう！」と叫んで見送った。それはそんなに悪い死に方ではなかったと思う。

だから私も先に進んでいける。

その場にいた全員が、彼女が体から抜けてしまって、そこにあるのが完全な死体であることを痛いほど知っていた。あんなに呼吸が苦しそうでも、彼女が体の中に入っている間、そこにはよく知っていた彼女の気配があったのだ。

しかしその瞬間から後、そこにあったのは完全な抜け殻。

だから全員が、看護師さんが遺体を処置している間に帰ってしまった。それもすごいと思う。後から思うとちょっと笑えてしまう。残って霊安室に行こうという人がひとりもいなかったなんて。そのくらい看取りで燃え尽きてしまったのだろうし、そこにもういない彼女の姿をつらくて見ていられなかったのだろう。

担当の医師さえも「は〜い、ちょっと眩しいですよ」と声をかけてから瞳孔を確認したり、「ちょっと脈を取りますね！」と呼びかけながら、ない脈をしっかり確認していたと天使のようだと思った。


いうのに！

　もうみんな全くやる気をなくしてしまっていた。終わったのだ、と思っていた。

　あのときあの六人に通っていた絆の強さは、たとえもう一生会わなくても、消えることはないだろうと思う。


　いいなあと思ったのは、「よくがんばったんですけれど、やはりお胸の腫瘍のほうに全ての栄養が行ってしまって、そちらのほうが力が強かったんですね。でもこれが彼女の選んだ生き方だったから、私はいいと思います」と医師がはっきり言ったことだ。

　治療を受けないで病気をぎりぎりまで放置、死にかけて救急車で運ばれてしまうという生き方をお医者さんがひとつのあり方として認めるということが、どんなにすごいことか。

さよならばかりの月

◎今日のひとこと

友だちを看取ってからたった一週間で、愛犬が急に死んでしまいました。

まだぽかんとしてます。

だって、先週までいっしょに散歩していたのです。

朝起きると「ああ、もう友だちはこの世にいないのか」と思っては泣いていた毎日ですが、今に至ってはもう、朝起きると「うわあ、コーちゃんがいない。また寝ちゃおう。悪い夢だったなあ」と思います。

末期がんだったのにぎりぎりまでごはんも

コーちゃん

食べて、いっしょに寝て、去っていくときはあっという間でした。ちょっとおなか壊してる？　ちょっと食欲落ちた？　くらいの感じで、大腸炎かと思って薬をもらってきて、ちょっとよくなって、そしてあっというまに死んでしまいました。

オハナちゃんみたいに危篤に何回もなって、また復活して粘るタイプではなかったのだな……。

「がんばって！　治ったらいっしょにたくさん遊ぶんだから」「まだまだいっしょにすることがたくさんあるんだよ！」って声をかけながら、下顎呼吸を見守るというの、つい先週もやったんだけどなあ。

デジャブかよ。

その励ましは、だんだん「ありがとう」に変わって、ついにその瞬間が来たらもう後戻りできない感じも友だちといっしょ（いっしょにしていいのか？）でした。

さあ、看取るよ、今夜は徹夜するよ、と気合を入れたとたんに腕の中で死んじゃって、まだぽかんとしています。

お骨を拾ったらけっこう骨に転移して傷んでいるのがわかって、きっと痛い毎日だったんだろうなあと思いました。全くそんなそぶりも見せず、おっくうそうになったのは最後の一週間だけでした。犬ってすごい。

もしわかっていたとしても、抗がん剤や手術（はもしかしたらしたかも、でも肝臓がんは自覚が出たときにはもう全身に回ってると思うから多分しなかった）はしなかったかもしれないので、できることには変わりはなかったのです。

だから最後まで普通に暮らせたことに今は感謝しています。

「今月は、急に見送る月」そして、「死んだ友だちとコーちゃんは痛みにすっごく強い」ということがわかる月でした　笑。

バリの狛犬

さよならコーちゃん

◎どくだみちゃん

お墓

このタイトルの清志郎の名曲がある。自分の心が死んだ場所にはお墓が建っているという歌だ。

それから君の目を二度と今までのようには見れないという歌もある。

川を渡った歌もある（清志郎はほんとうに渡ってしまったが）。

その全てが私にはすごくよくわかる。

この四月は私を永遠に変えてしまった。いや、その一週間が、だ。

そのことだけはわかる。

よく変えたのでもわるく変えたのでもない。変わってしまった。まあ、自分が男だったら少し前の、永遠の生命を信じるがごとく、お花畑の中で生きていた無邪気な私といっしょになりたいけど、しかたない。

今の私の内面は「リメンバー・ミー」じゃない、カスタネダとかホドロフスキーバージョンのほうのメキシコ感覚に変わってしまった。


赤ん坊であろうと子犬であろうと、まして歳をとった自分には、すでに死がたっぷりふくまれている。

そのことを、骨の髄まで知り抜いた月だった。


できれば見たくないという人のほうが多いいろんなものを、いっぺんにたくさん見た。

生の死体からは、そして死体に近いものからは、大量の液体が出ていくということを、病院ではなかなか見せてくれない。

これまでいろんな動物を看取ってきたけれど、体の中と外にある液体の違いの大きさをこんなに生々しく感じたのも初めて。

「今までの私」のお墓を背負って生きている気さえする。

でも後悔はしていない。


友だちには、あと一回飲みに行きたかったなあ、と。

犬には、あと一週間看病したかったなあ、と。


ただそれだけを思う。

ふだん意味なくだらだらしていた飲み会、酔っぱらっててきとうに歩いていた散歩。

それが尊いとかそういうのとは少しだけ違う。

ただ、すごく不思議に思う。

友だちと飲みに行っておしゃべりした後で、犬の散歩に行っちゃうという、そんな豪華2本立ての日が私の人生にはあったんだなと。すっげ〜豪華。宝箱をもらったくらい豪華。でもそんなことには気づかない贅沢さこそがこれまた豪華。

いつか子犬をまた飼うときに、私の目にはその子の死と自分の死がすでに映っているだろう。それは暗いことでも不吉なことでもなんでもない。それが生きるということだ。

だから私は今、自殺という手段を選ぶ人がいることが不思議でならない。

毎日が楽しくなくて苦痛だから生きていたくない、それはわかる気がする。でも楽しくてしかたないから生きているという人は実はあまりいない。いるのかもしれないという、その幻想に殺されてしまうのではないか？

毎日なんて退屈でだるくてめんどうくさくて、自分なんていつだって冴えなくて、またこうなっちゃった、あーあ。でも体は生きてるから腹も減るし、トイレも行かなくちゃだし、まあ生きるか、あ、そうじでもしとくか、ついでに仕事もね、みたいなものでいいのではないだろうか。

ほうっておいても、あっという間にそのときは来る。

みんなが平等に耳だけ聞こえていても返事はできなくなって、口でする呼吸になって、むくんだり黄疸が出て、最後に息を大きく吸って、もう吐くことはなく、どんな生き物も全く同じようにすぐ抜け殻になってしまうのに。

犬も人も、抜け殻になっても毛をなでると前と同じ感触で、そこだけがやりきれないだけ、それなのに。

みんなが同じように地上から消えて、思い出だけが残るのに。

別にわざわざ旅を急がなくても。

泥水を飲むような思いをしたり、甘い蜜を舐めたり、月を眺めたり、友だちと笑いながらごはんを食べたりしてゆっくり歩こうよ。

コーちゃん、黒かったなあ

◎ふしばな
歳を重ねることの良さ

しばらくは食欲もあまりないし、酒も減らして（悲しいときに飲むと悪酔いするから）、ライザップより厳しい「看取りダイエット」が成功して、髪の毛もラバーガールの大水くんくらいに切ったし、それがほどよく伸びて「ネオばな子」になるのは夏くらいかな。
その頃には涙も乾いているでしょう。

息子の年齢がちょうど「シリアスになるのはかっこわるい」という年代で、なおかつクールさと非礼をごっちゃにしやすい年齢だから（こういうときこそ、男の先輩が必要なんだろうなあ）、そして向き合わないためには逃避するしかないから、自分もたくさん相談に乗ってもらった私の死んだ友だちとか、いっしょに育ってきた犬に対して、ひどいことを言う。

私はためらいなく「私とパパにとって、犬が死んだのはさすがにあんたのほうがもちろん上だけれど、あんたが死んだのとすごく近い感覚なんだし、私にとって○○ちゃんが死んだのは、あんたにとって○○くんや○○くんが死んだのと全く同じなんだから、失礼なことを言うのはやめろ」と素直に言うことができた。くどくどとは言わない。ただ、余計なことは言わないで黙っていてほしいというだけなので。

きっと彼は彼で「親が全く俺のことを考えていない日々」というのを、初めて経験したのだろうから、それなりに傷を負っただろう。

そういう親の言葉は、親が死んでも残るものだ。

前にも書いたが、私が息子くらいの歳のときに「御巣鷹山に毎年登るご遺族は、ただでさえつらいのに、つらい登山をして、さらにつらい場所でつらいことを思い出すなんて、なんでそんなことをわざわざするんだろう」と言ったとき、父は静かに、そんな私をさとす感じでもなく、「人は、それでもどうしても、どうしてもその場所に行きたくなってしまうものなんだよ」と言った。

やっとわかるようになった、と思う。

それだけでも生きてきてよかった、と思う。

それにあのとき、無邪気にバカな問いを発してみてよかった、と思うから、息子もいつかそう思ってほしいなと思う。


私がもうこの世から消えてなくなってから。

「お前の四月はお別ればかりの超淋しい月になるから、そなえとけ」と言われたら、きっとそれでも私は「同じように過ごすと思うな」と言うだろうと思う。


同じように友だちの家に突入してショックを受けて、神様のくれた最後の時間をまるで今までのふたりみたいに過ごして、彼女を救急車に乗せて帰ってきて、お好み焼き屋で落ち着くために冷たいビールを飲んで「うわあ、ビールって神！　神の飲み物！」と思うだろう。

愛犬と散歩し、食欲ないね、下痢だね、しんどいねと手でごはんをあげて、頭をなでて、ブラシして、けんかして嚙まれてぽこんと叩いたり。歯がぐらぐらしてるから全身麻酔で抜かなくちゃいけないかな、めんどうくさいなあ、でもお腹が治ったらがんばってやろうね、って決心して。

そんなのみんな的外れで、すぐいなくなっちゃうなんて。

同じようにたくさん動揺して、たくさん泣いて、でも同じような自分でいるだろう。

この羊の木馬にそっくりでした、コーちゃん

最後の散歩になってしまった

バロンちゃん

歩いて歩いて

◎今日のひとこと

歩いている間だけ（寝ている間はついこの間まで生きていたものたちとの生活の、悲しい夢を見てしまう）、死んだ犬や猫が家にいないことを忘れられます。

だから子犬もいっしょに、ひたすらに歩くのですが、ちっとも痩せないのはなぜ？

朝は食べず、昼はほとんど食べず、夜もごはんはお茶碗一杯なのに（天使の声『ビールのせいだよ！』）！

バリに住んでいる元担当さんのケンちゃん（あまりにも仲が良かったので噂になって『噂の眞相』に載ったのが、私の人生唯一の

バリの緑

実のあるスキャンダル。でも彼は常に私にとって、なぜか常にオカマの友だちみたいな性別のない感じだった）にまで、

「僕は一日三食、朝はごはんをお代わりするし、昼もしっかり食べるし、夜も必ず食べる。でもこうして痩せてる。なんで痩せないの？」

と真顔で聞かれてむかついたものですが……。

やっぱりビールですかな、と答えたら納得してもらえました。


とても痩せているミユさんが「冷たいものを食べない、間食はしない、一日一回はものすごく空腹になるようにしている」というようなことを書いていたが、やはり痩せている人は痩せるものが好きなのだな……！

渚ちゃんも居酒屋に行くと貝とか寄せ鍋とかしか頼まないですしな。

オーダーの段階からしてポテトフライとチャーハンと芋天で迷っているようではなあ……！


でもそれとは関係なく、とにかく歩いて歩いて今の辛さを忘れなくてはと思うのです。

まるで忘れられない恋をしているように。

会いたいけど会えないのだから、この体を動かしてごまかすしかない。


人生のこういう時期って、目の前が灰色なんだけれど、後で思い出すと青い空の色や夜道で蛍光色に光る木々の葉の色や、そういうものがなぜか色鮮やかに蘇ってきて、ああ、自分のどこかはちゃんとこの世の美しさをわかっていたんだ、感じていたんだと思うので

す。

そんなとき、自分は大丈夫だと思えるのです。

同じくバリの緑、いつも元気

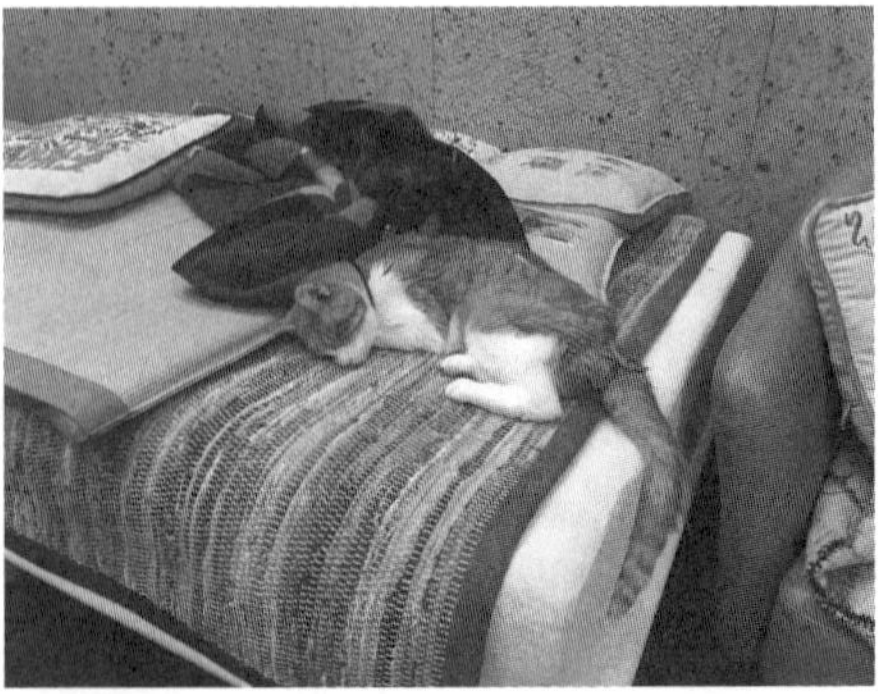

しっぽがかわいい

◎どくだみちゃん

不思議な夢

私は冤罪で死刑が確定している。

私が無罪で冤罪だということは、どうもうすうす司法の側も気づいているみたいなのだが、だれかが思想犯として死なないとどうにもならない、みたいな感じだったので、私ももう諦めようと思っていた。

すごくてきとうな死刑で、黄色い粉がスプーンを突っ込んだてきとうなカップに入っていて、これをスプーンひとさじすくってなめたら苦しまずにすぐ死ぬということだった。

最後に家族や友だちに会うということになり、そのカップを横目に見ながら、私は覚悟を決めていった。


こうなっちゃったらしょうがないし、もしここで私が戦ったら別の人が大勢死ぬそうだし、これはもうしかたないよ、と私は家族やいっちゃんに涙ながらにしかし淡々と訴え、ハグしたり手を取ったりして、別れを告げている。

実際の私はそんなに諦めのいいほうではないので、夢ならではの諦め方だった。

するとそこに突然、何の脈絡もなく、高校のときの同級生のすみちゃんが現れた。

輪郭が最初はもやっとしていて、やがてきゅっとすみちゃんの顔の形が目の前にやってきたのだ。

ああ、すみちゃんだ、と思った。

すみちゃん、来てくれたんだ、と言ったら、まほちゃん、とすみちゃんが私の目を見た。

その目の中には心配と、愛と、歴史と……

とにかく真実がこもっていて、私はほんとうに嬉しかった。そこにはほんとうに迫力あるなにかがあった。

そして夢の中で現実の私が少し目を覚まして悟った。

私があぶないという状況を察して、すみちゃんの魂が実際に飛んできてくれているんだ！　と。

しかし夢の中の私は、やっぱり死を控えている。

「すみちゃん、ありがとう、さよなら」

とすみちゃんの温かいほっぺたに顔をくっつけて私は言った。

そこで目が覚めた。

そしてすみちゃんはやっぱりすげ～な！と思った。

なんだかわからないけど、すごい人だと。

というのは、息子も夫もいっちゃんも姉も他の友だちも、

そのときは私の空想とか夢の世界で私が作りだした人たちだったから、

わずかにかすんでいたんだけれど、すみちゃんだけが急に、くっきりと、霊が形を作るみたいに目の前にやってきたからだ。

こんな夢を見ていてはいけない、目を覚ませとすみちゃんがふいに教えてくれたのだ。

他の人たちは私の愛によって夢の中で作られた人たちだったが、そのすみちゃんだけは、今のすみちゃんの魂がほんとうに割り込んできたんだと、はっきりわかった。

こんなふうに人が人をいつのまにか救って

いるとしたら。
私もだれかを救えているとしたら、どんなにいいだろう。

エキナセア

いちご

◎ふしばな
実のないほうのスキャンダル

最高にウケたのは、昔の彼氏がパチンコに行ったとき隠し撮りされてしまい、「パチンコに興じる光永」というキャプションがついていたときだ。

ちゃんと働いている人がパチンコに行って何が悪いのら！　と思ったけれど、イメージとしてはヒモっぽさが出るような凶悪な顔で写っていた。

毛が長かったのもマイナス要因だったと思う。

うちの夫のロルフィングを記者がサクラで受けに来て、隠しカメラでその施術を撮ったものが載っていたこともある。

私は、いつも混み合っていてほんとうに具合の悪い人が入れたかもしれないロルフィングの枠にそんな人が入ったのが許せん！　と熱く怒ったのだが、夫は「でもそんな機会がなさそうな人がこれで体調よくなったならそれはそれでいい」と全く気にしていなかった。

えらいなあ、と思った。

そして人の体を自分の感情にかかわらず、とにかく良い方にするのを手伝うことに自信があるのだろう。

もっとウケたのは、もっと昔、まだ角川にいた頃の石原さんのお給料の明細が載ったときで、「この給料の高さは吉本ばななとつきあってる代も入ってんのか？」みたいなことが書いてあったとき　笑。

そんな会社があったらいいよね！

それを売った同僚の人にももちろん問題が

あるに決まっているが、誰よりもそれをうっかり会社に落としてくる本人が大物だと思う。

この回の頭の部分で紹介したスキャンダルに関して、人々は「『噂の眞相』に友だちが働いている稲田[*26]が売ったに決まっているではないか！」と私にやたら忠告して来たのだが、そもそも私の副担当だった稲田くんがそんなことをして得なことなど1個もないのでおかしいなあ、と思っていたら、全く別のルートから犯人が見つかった。そりゃそうだよねえ。

いずれにしても今近所に住んでいる彼とは、そのことをしゃべってうふふと笑ったりしている。

あのとき人の言うことを鵜呑みにして、たけしさんのようにロッキング・オンに殴り込みをかけて、今は立派な社長さんになっている稲田くんを絞めあげたりしなくてほんとうに良かった！

そうしたらいつもおすそわけしてもらっている異常においしいものも永久にもらえなかったであろう！

その稲田くん

スンギくんのライブ

なじんだ毛布

◎今日のひとこと

うちには今子犬がいて、毛並みはつやつやのぴかぴか、ちょっと耳がかゆくなってもすぐ治るし、爪の先まで新品で、うっとりするほどです。

今になって十三歳で死んだ先代のフレンチブルのオハナちゃんの写真を見ると、あまりのぼろぼろさにびっくりします。

まるで牡丹灯籠みたいな感じ？

こんなぼろぼろの、やっと生きてる感じの子が私には世界一の美女に見えていたんですから。

ほんとうにそう見えていたんです。

Dr.フィッシュ

でもそれが愛というものだと思うのです。

新品の毛布はいくらでも取り替えられる。

でも、なじんだ毛布は捨ててしまったらもう絶対に取り戻せない。

そう思います。家族に関してもそう思うのです。

いや、うちの夫は「妻をぴちぴちの新品に取り替えたいなあ」と思ってるかもですがね！　笑

この子犬がなじんだ毛布みたいになって、でもなるべくあんなふうに病気でボロボロにならないで、できるだけ長くいっしょにいられたらなあと私は夢見ます。

その夢がたとえなにかで壊れようとも、この夢があること自体がとても美しいなあと思うのです。

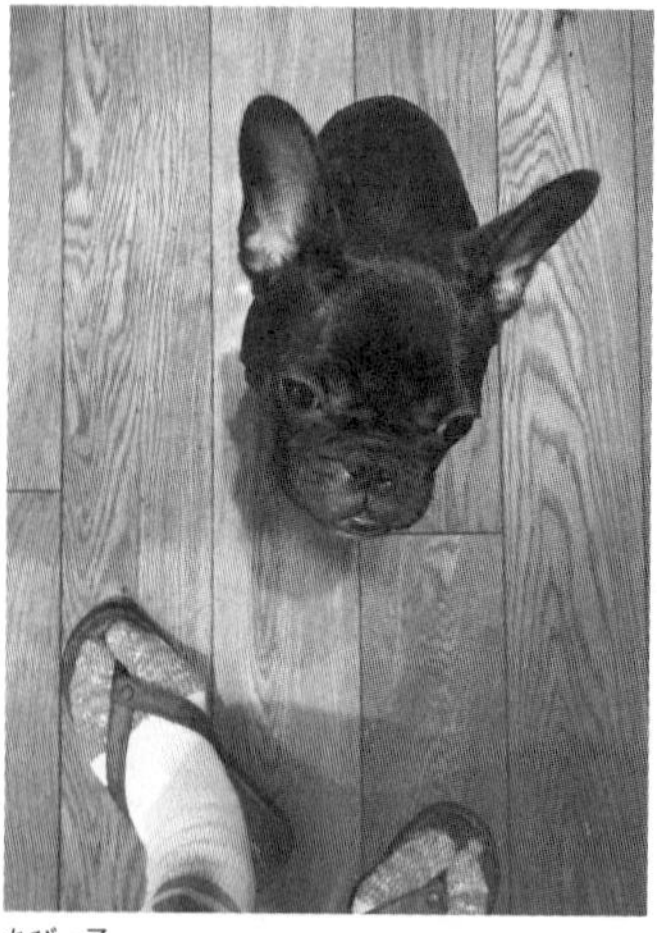
ちびっ子

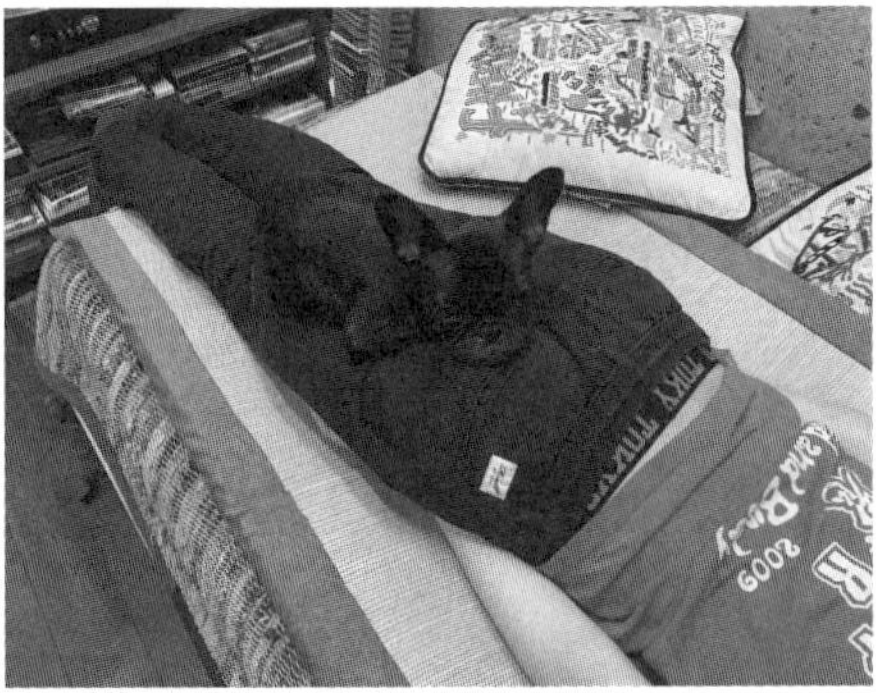
お兄ちゃんに乗る

◎どくだみちゃん

ブラーバ

床を拭いてくれるロボット、ブラーバちゃんがうちにはある。

ルンバではない。床をていねいに軽くまんべんなく拭いてくれるものなのだ。

黒い犬が死んで、家の中に犬がゼロになったとき、猫はまだ元気だったけれど、ブラーバちゃんを稼働させても全く家が汚れていなかった。

これまでずっとしていた、シートについている大量の謎のカスや、犬の真っ黒い毛や、ほこりや、そういうものが全くついてこなくて。

楽だ、毎日あんなにたいへんだった家の中

のもやもやがない。

もしかしてこれなら、憧れていたきれいな暮らしができるのではないか？

床でものを食べたり、寝ころんだり、絨毯を敷いたり？

いくら夢みたいなインテリアを想像しても涙が出るばかり。

どんなに汚くしてもいいよ、戻ってきて。そう思った。

しーんとした家、汚れない家。いつ出かけても帰ってきても気にしなくていい暮らし。あんなに憧れていたのに、ちっとも楽しくなんかない。


今ブラーバちゃんを動かすと、細かい毛がシートにみっちり。

それは先代のフレンチブルがいたときによく見た光景。

何回換えても、何回ブラーバちゃんを往復させても、取り切れることはない。どんどん毛が抜けてどんどん育っていく子犬。

家が汚れて苦痛に思い文句を言う自分も、あの犬といっしょに死んだ。

今はただ生き物がいる証しの汚れが嬉しいばかりだ。

子犬のおなかはかわいい

◎ふしばな

どこまで深く考えるか

前にも書いたエピソードだが、私にとっては一生忘れられないことだ。

私の母方の祖母はものすごく掃除をよくする人だった。その娘である母と叔母が、あるとき顔を合わせて全く同じことを言い合っていた。

それは「クイックルワイパーって、シートの汚い面に触った部分にまたきれいなシートをつけるのがいやだから、本体をいつも洗ったり拭いたりするのよね」

私はびっくりした。そんなこと考えたこともなかった。だから家が汚いんだね！

そういう方たちは、最終的にハイターやサンポールタイプのもので床を拭いて初めて安心する。そこまでやらないと「掃除が終わった」とは決して言わないのだ。

そういう考え方で言えば、ルンバはともかく、ブラーバはもってのほかだと思う。

だって、汚れたシートで家中をこすって回るわけだし、ぞうきんがけモード（新型には
なんと水がブシャーと出てくる機能まで！）だって、人のようにごしごし拭くわけではないから、なんとなく表面をぬらぬらと拭いているだけだ。

でも、私は使う。

だって見た目がさっぱりするんだもの！

森博嗣先生のお宅におじゃましたとき、いつにもまして床がきれいだったので、奥様に「なんで犬がいるのにこんなに床がきれいなんですか？」と聞いたら、「それはもう、これをしょっちゅう動かしてるからですよ」と言って、ブラーバを見せてくださった。

その日のうちに買いましたね、私は。

清潔と見た目が整っているというのは、共通項はあるけれど別ジャンルなのだと思う。

うちは不潔だ。なにせ動物がたくさんいる（いた）。少なくなった今だって、犬一、猫一、亀一いるんだから、汚れて当然だ。そこに男が二匹いる。もう絶望だ。

なのでせめて体裁を整えようと思って、充電してはシートを換えてしょっちゅう稼働させている。

母が見たら「汚れたシートで床をこすっても汚くなるだけじゃない！」と言いそうだな

と思いながら。

アルコールで汚いところを消毒したりはするが、アルコールで床拭きはしない。よく見れば必ずわかる。拭いてある部屋と、撫でただけの部屋。しっかり拭いた部屋はなんとなくきりっとしているのだ。うちはどこまで行っても「動物がいるわりには見た目は整ってるね」までだ。あきらめもついている。

ちなみに平成の新製品の中でいちばん母が喜んだのはクイックルワイパーと黒い綿棒だった。汚れが取れたのが見えるから、だって。

そう思いながら久しぶりの友だちの家に遊びに行ったら、ものすごい混沌を見てしまった。

ここ数日なにをしたかが全て伝わってくるというか……。

数日前、ここで服を脱いでカバンを置いたんだな。靴下も脱いだんだな。

その次の日は帰ってきてまずこの椅子に座ったんだね、そして脱げるものを全部脱いで置いて、この日のカバンはこれだったのだな。そこに宅配便が来て、とりあえず箱を置いたと。

ううむ、その翌日は寒かったからマフラーを持っていったんだね。そして帰宅してすぐにそのへんに置いた。それは本が積み重なった上だったので、ちょっと不安定で、マフラーは落ちてないけど、ポシェットは落ちたままだと。

なま物がないので臭いとか湿っているとかいうことはない。

ただ、片づけないだけっていうのは、そんなにほこりっぽくもなく、ある程度以上は不潔感も出ないものなんだなあ、と思うと、毎日床をロボットにまで拭いてもらっている自分が小さく思えた。

ジオラマ。なぜかむやみに電車が走っている

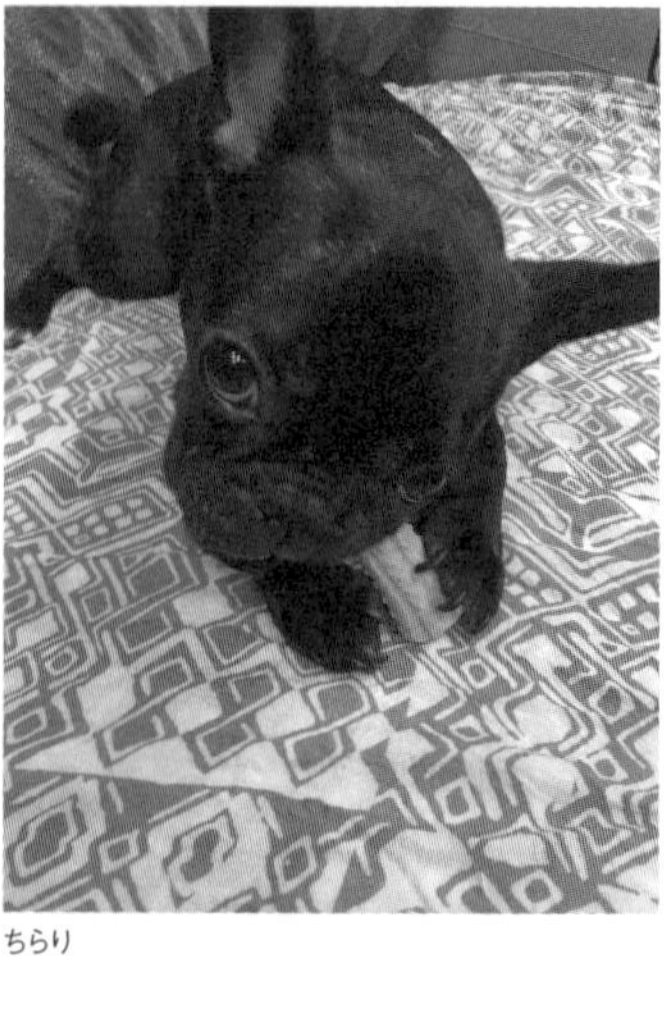

ちらり

住まいのこと

近所に住んでいてほんとうにお世話になっていた通称「十時間マッサージ」の麗子さんが引っ越してしまったのです。

彼女は「納得いくまで体を調整したい」と言って、二時間のお値段で十時間の枠を取って（私はだいたい六時間くらいだった）、いつも人が忘れてしまっている体のすみずみに持ち主の代わりに気を配ってくれる施術をする人で、口コミでしか予約が取れないのにいつもいっぱいでした。

私は半年に一度くらいおじゃましまして、その家に朝の光が満ちているところから、だんだん夕方になっていくところをゆっくり味わっていました。

うちのすぐ近所だから、同じ五時のチャイ

青梅をシロップ漬けに

ムが聞こえてくるのもよかったです。

いつも犬の散歩で通っていた道の、彼女のお家の気配はとてもすてきでした。

そこに日々癒しがあるということが、しみじみと伝わってきたのです。

ご主人が体調を崩された上に、事故で骨折して家で寝込んでいたときでさえ、そこには「健全な人の暮らし」の空気が流れていました。

窓の外には藤の木があり、春にはいっぱいに花をつけていました。

とても豊かだったその空気が、すっかり消えてしまいました。

そこはただのがらんどうの小さな古い家になってしまいました。

「この街を散歩していても、笑顔になれるものや、ほっとするものがほとんどないんですよ」

そう言って下町に越していったんだけれど、すごくよくわかるのです。

目につくところだけでも言うと、ほとんどチェーン店しかなくなってしまったり。

六月に、飴屋法水さんたちが演出した「スワン666」という舞台を観ました。

その中に出てくる登場人物のひとりは、すき家とか吉野家とか松屋とか富士そばとか丸亀製麺とか鳥貴族にしか経済的に行けないので、そのどれかに毎日行き、そこで働く日本人ではない国の女性に目をつけるのですが、ものすごくリアルな感じでした。

安くておいしいものを出しているそれらの店は、すばらしいと思います。質も高いし、私も富士そばにはしょっちゅう行くし！

だから全く批判的な気持ちにならず、むしろ金欠のときにはお世話になってる！　という感じ。

でも、わかるのです。そこに行っても、自分の抱いてきた孤独で悲しい空気が動かないというか、淋しいという感じは。

アジアの人の接客だけが人間味を感じさせるもので、そこにすがっていってしまう弱さも。


お店の奥がそのまま店の人の家で、雑誌の上にこしょうとベープの蚊取りがいっしょに乗っちゃってて、トイレには消臭元とその家の人の作ったドライフラワーみたいなのがあって、駐車場のわきには物干し台があって……みたいな感じの昭和のお店が恋しくて恋しくて。

歳をとるってそういうことなんだよな、と思います。


そういう雑多なものが目に入らない生活って、すてきだけど空気が動かない。

だからまるでチェーン店しかない街みたいに、目が休まらない。

でももう大家さんは小さいお店をやる人を応援する余裕なんてない。家賃は高くなる、企業しか借りられないくらい。

そんなことだよなあ、と思います。


少し前に、廃墟みたいな場所、母屋は取り壊しになり、大きな庭は草ぼうぼう、庭に立っている小さなもうすぐ全員立ち退きのアパートに行く機会があって、何人かの住人に会いました。

お芝居をしていたり、フリーターだったり、貧乏学生さんだったり、駅から遠くて古くて小さいその部屋で彼らは楽しそうに暮らしていました。

そこには最初、大家さんがいたんです。

母屋に住んで、学生さんたちに部屋を貸して、同じ敷地の中でなにくれと世話を焼いたりあいさつをしたり、していたんです。

大家さんが生きている限りは、彼らはひとりぼっちな気持ちにはならなかったんですね。

そして大家さんが死んでしまい、アパートに住んでいた人たちは立ち退きになり、みんなひとりぼっちになる。お金もそんなにないし、引っ越しは大変だし、でもおかまいなしにそこにはきっとマンションが立つのでしょう。

ノスタルジーではなく、人間というものの心の成り立ちはそんなに変わらないはず。

だから「大家さんと僕」[*27]があんなにも売れたんじゃないのかなと思います。

まあ、あれはレアケースで、別に家に上がったり、おすそわけをし合ったり、洗濯物を取り込んだり、町内会費を集め合ったり、そんな継続的なつきあいはいらないのです。

笑顔であいさつをする、天気の話をする、そこにいる、暮らしている、知っている人の気配がある。

たとえばその人に十分間、大切な赤ちゃんを抱っこしてもらったり、犬の散歩紐のはじっこを持っていてもらえる。倒れたら救急車を呼んでもらえる、お金を立て替えてもらって食料を買ってきてもらい、あとでお礼をすることができる人がいる。

　その程度でいいのです。


　近所の中国人学生寮。

　窓は開けっ放し、犬は吠えてるし、音楽はがんがん聞こえてくるし、全員がテレビを大きい音でつけているし、すごい混沌！

　窓越しにものをやりとりしたり、大声で呼べば隣の人が返事してくれる。

　うるさいけれど、これなら、国が恋しくて涙する日も孤独はなんとかなるのです。

　少なくとも自殺や犯罪が減ると思います。

まみちゃんと私

◎どくだみちゃん

安らぎ

自分は疲れ果てていてすっかり寝てしまっているが、
その間に彼女が自分の体をケアしてくれている。
全く痛くなく、そろそろ時間ですよと急かすようなタイマーが鳴るわけでもない。
その日その人はもう出かけないから、自分だけのために一日を空けてくれている。
だから時間についても気をつかわなくていい。

起きてちょっとしゃべったりもするけれど、またうとうとしてしまう。

藤の葉っぱ越しに、光が金色に変わっていた。

夕方五時のチャイムが鳴る。

いつも麗子さんのところでマッサージを受けているとき、この音を、私のうちでおるすばんの猫や犬が今、いっしょに聞いていると思うとほっとした。

動物にはなぜかわかるのだ。飼い主が近くにいるか、国を離れるほど遠いのか。

だからきっとわかっている、すぐそばにいることは。

そう思って安心した。

今は休んでいい、今は自分のことだけ考えていい。


しかしその音を、もうあの猫はすぐそばで聞いていない。

あの犬ももういない。

どこに行ってしまったんだろう？

と最後のマッサージの日に思った。

もうこの人は引っ越してしまうから、この部屋で夕方を迎えることはないんだなと思う。

何もかもが終わってしまったような淋しさを感じる。

それでもまた、いつかだれもがあの金色に輝く光の向こうに行ってしまうので、
淋しさも幸せのうち。今持っているものに感謝しない自由さえある。

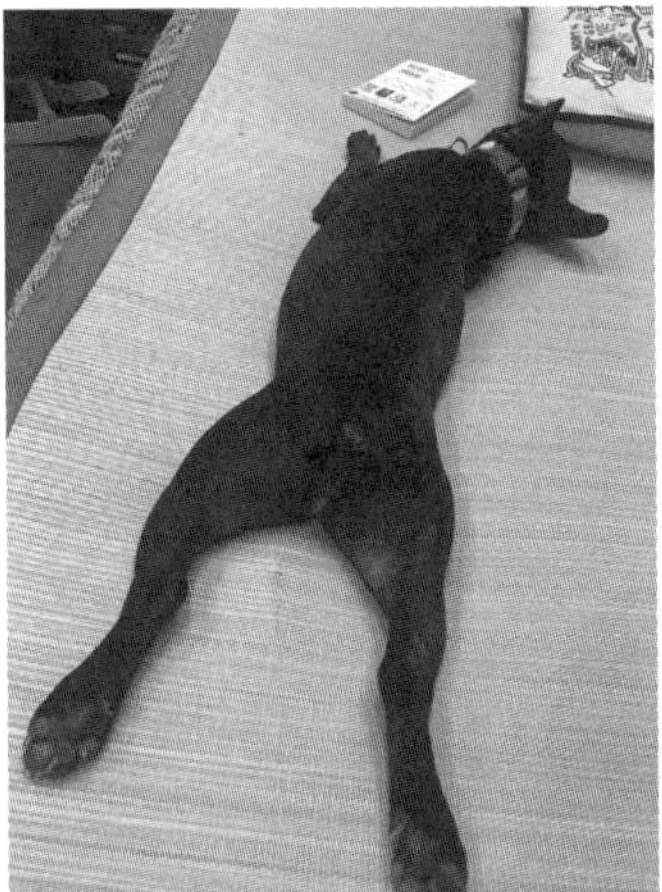

びろ――ん

◎ふしばな
すっとばし

事務所を引っ越そうと思って、ゆるやかに探している。

それはどうしてかというと、勝手に企業の情報サイトに事務所の住所が載っていたからで、取り消すことさえ許されないからだ。なんだこの世の中！


昔うちの事務所で秘書をしてくれていた人が、今はご主人といっしょに不動産屋さんをやっていて、親切にいろいろな物件を探してくれる。

これまでいろいろな場所でどれだけの物件を見てきたかわからない私だけれど、最初にドアを開けるときにはときめきを感じる。


これはありえないなという物件は、建物や廊下からなんとなくわかる。あちこちにある汚れや淀み、匂い……でも見ないで帰りますというわけにはいかないので、一応中に入ってみて、やっぱりねと思う。

意外にも外と中が全然違うというところは、全くない。

その一瞬の勝負のために、手配し、いっしょに考えてくれる不動産屋さんたちには頭が上がらない。

ただ、古くて汚いのに奇妙に惹きつけられる物件というのは必ずある。

そこにいる自分の姿を一瞬想像できてしまうようなところ。

夕方になったら、この部屋から買い物に行って、あの道を歩いて……その生活は永遠に実現しないものなのだけれど、その窓辺に立つと一瞬すごく近くに感じられる。

昔、まだ三十代の頃、ボーイフレンドの住む部屋の物件を探すのにつきあったことがある。

私はその頃すでに仕事をバリバリしていて仕事部屋兼の3LDKに住んでいたけれど、彼が探していたのはふつうのワンルームで、狭い方が気が楽だし貯金もしたいし君の家に泊めてもらえるし……みたいな感じだった。

私も仕事で徹夜などするとき彼には自分の部屋に帰ってもらえるとありがたいので、いいんじゃない？　と思っていた。

妙に思い出に残っている物件がある。

商店街のど真ん中にあって、ちょうど夕方見に行ったので、にぎわいは騒音レベルだった。不動産屋さんは恐縮して、「この時間帯以外はとても静かでして……」などと言っている。

するとそこで窓のすぐ脇にあるスピーカーからビックリするような音量で「お買い物中のみなさま！　○○商店街にお越しくださり、ありがとうございます。本日の特売はなになに商店のなになに、××スーパーのこれこれ……」とえんえん三分間くらいの放送が流れ、どうもそれは毎日夕方一定の時間にくりかえし流れるらしかった。

不動産屋さんももはや笑っていた。

ちなみに彼もいくらなんでもあれは厳しいかなあ、だって窓のすぐ外だもんなあ、と言ってその物件をやめていた。

しかし、私はそのとき、悟ったのだ。

私は多分、これからもう、こういう感じの1LDKでひとりぐらしをすることはないんだろう。

自分だけの好きなものを飾り、将来を夢見ることはないのだろう。

なぜなら私はもう職業が定まっていて、仕事部屋にアルバイトの人を呼ばなくてはいけないから広さが必要だし、なによりももう若くないからだ。

もしここに彼が暮らして遊びに来たとしたって、それはここに自分がひとり暮らしするのとはわけが違う。

私はなにかをすっとばして早く大人になってしまったのだなと思った。

飴屋さんの「スワン666」の舞台

会津の宿

新婚さんみたいに

◎今日のひとこと

去年の梅雨に、最愛のフレンチブル、オハナちゃんを失った私。

心の傷は癒えたのかと言われると、決してそんなことはないです。最後のほうの日々のつらさを思い出すと、まだ胸がぎゅっと苦しくなる。

毎日「こんなつらいことはもうとてもむり」と思っていました。こんなに愛し合っているのに、もうすぐお別れなんてと。

今、彼女に瓜ふたつの新犬さんがいることによって、あのつらさは優しくヴェールをかけたような優しい感じになっているのも確か

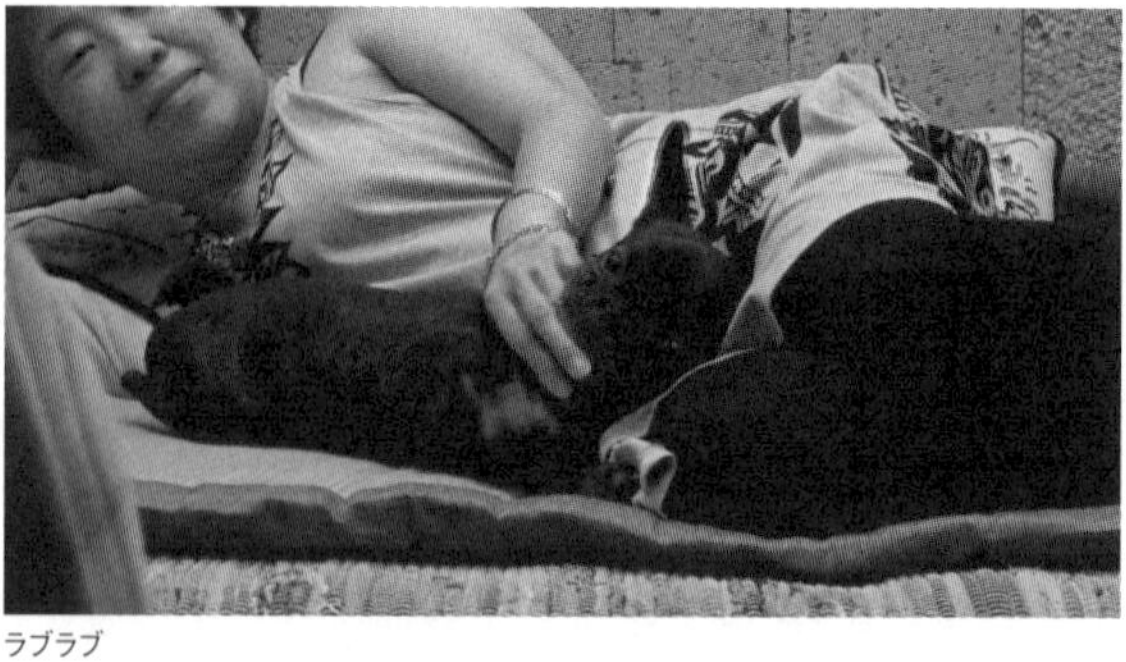

ラブラブ

です。

まるで新婚さんのように、家に帰りたくて。帰ったら玄関であの子が喜んで迎えてくれるのが嬉しくて。

ソファーに横になったら、いっしょうけんめい登ってきて足の上に寝てくれるのも嬉しくて。

毎日、朝起きて会えるのがただ幸せで。毎日が終わるのが切なくて。


春先に死んだ黒い犬コーちゃんを、慣れきって最後のほうはまるで見えないかのように扱ったことがあることを、とても悔やみました。

向こうはいつだってこっちを見ていたのに。もう二度とあやまることもできない。


まさかこんなに早く死んでしまうなんて、思っていなかったのです。

七歳だからまだまだいっしょにいられると思って、気持ちがゆるみ、おろそかにしていたのでしょう。

五歳を過ぎてからは、家に帰ると玄関まで迎えに来ているのに、コーちゃんただいま！と声をかけるだけで、いちいちかがんで撫でたりはしなかったのです。

そういう、お互いが空気みたいになじんでそれぞれの暮らしをしていることが幸せなんだと思っていました。

でも違うんだなと思いました。犬にとっては飼い主が全てなのです。

会えたら毎回嬉しいという気持ちを生きたい、これからはそうしたい、決してむりするのでもなく、自然に触りたいと思える暮らしがしたい。

心からそう思っています。

コーちゃん、手の先だけ白かった

◎どくだみちゃん
そんなふうに

ある時期、取材をするために夏のバカンスにミコノス島に行くことが何回かあった。

ふつうに住んで暮らしている人にはあまり接することがない日々だった。

観光客ゾーンにしかいないから、バカンスを楽しむ各国の観光客たちとしかいっしょに過ごさない。

観光客は、昼間泳いだりプールに行ったりする。

夕方になると、着替えて海辺のあたりまで降りていって、冷たいものを飲む。

それから散歩していろいろな店のウィンドウを眺めたり、買い物をしたりする。

歩き疲れたら、晩ごはんを食べる。

人によってはそこからクラブに繰り出して、一晩中遊ぶ。

そういう人でなくても夜中までお店が開いているので、みんな散歩してバーに行って、遅くに宿に帰り、泥のように眠る。

まぶしい光で寝ていられなくなる時刻までぐっすりと。

世界中の人が、そこだけではみんながみんなそんなふうに暮らしていた。

私は深く悟った。

人はみな、お金持ちも貧乏人も、行く場所や店の値段にはそれぞれバリエーションがあっても、そんなふうに休暇を過ごしたいものなんだ。

こんなにも同じ感覚を共有できるなんて、すごいことだ。

それから私は夏になると、お休みの日には、なるべくそんなふうに過ごすようになった。

夜中にお店は開いてないけれど、寝る前にはバーに寄るか一杯飲んでなるべくくだらないおしゃべりをして、ゆっくり朝寝坊して、水やりや草むしりをして動いて汗をかいて、泳げないから冷たい水シャワーを浴びて着替えて、日が傾くとさあ夕方だと思うようにした。

それだけで大きな力が入ってくるように思えた。

なにがくれる力かというと、一日の終わりの光がくれる力なのだった。

もうゆるんでもいいよという、切り替えよ

うよ、という優しい光なのだ。

そのとき、夜だけ履いていた白い革のサンダルを私はまだ捨てられずにいる。

楽しい気持ちの象徴みたいな感じがする。

夏の夜にそれを履いてぺたぺた歩くと、どこまでも行けるような気がした。


ある真冬に、りんごの浮いている温泉がある宿に行った。

小さい女の子が浮いているりんごをこちらに押してきて、私と友だちも押し返して、私たちはいっしょに遊んだ。

空には星がまたたきはじめ、りんごはずっと赤くて、みんなもりんごみたいにゆだってきて。

お母さんが「その人たちはゆっくりしたくて来てるんだから、やめなさい」と言って、「いえいえ、楽しいです」と私たちは言って。

にこにこして別れた。

きっともう一生会うことがないあの女の子。

でもあの時間を星が見ていた。

晩ごはんのあとは、宿泊客はみんな暖炉の前で、小さい声でしゃべりながら暖かく過ごした。

みんながそういうふうに冬の休暇の夜を過ごしたいということがわかった。

フィンランドでサウナに行ったとき、まったく同じような感じがした。

みんな金髪碧眼で、肝臓の大きさなんかも全然違いそうなのに、そのときと全く同じじゅるんだ顔で暖炉の火を見つめていた。

みんな同じなんだなと思った。

だからみんな、ゆっくり休みを取れたら、そんなふうに過ごすといいと思う。

夏には夕方を待って、薄い服に着替えて、きれいなサンダルを履いて。

冬には星を見ながら小さい子といっしょに温泉に入って、晩ごはんのあとは暖炉の前で静かに過ごして。

それが心身を癒し力をチャージする休暇というもの。

ハワイの思い出

◎ふしばな

すごい新婚さんを見た

あまりにもやんごとなきお家柄の方たちなので写真など載せるわけにはいかないから、なんとなく想像してもらうしかないのだが、「Kくんが結婚したそうだ」「ええっ」「今日の宴席に連れてくるそうだ」「おおっ、いったいどんな人なんだろう」そんな感じで待ちうけていたら、昭和のいいお家柄の新婚さんみたいに落ち着いた、しかし初々しいふたりが入ってきて、Kくんの男っぷりも独身時代よりも数段上がっていて、感動してしまった。

このふたりは「こういう人と結婚して、健全な家庭を営みたい」という目的のために信頼できる人の紹介でお見合いをして結婚を決めたのであり、惚れたはれた、恋してる愛してるやりたい、そんなところからは全くスタートしてないということが一目でわかった。

自分には理想とする仕事像、家庭像があり、その価値観が一致しているので、この人に決めました。決めたからには大切にします。

そういう感じが互いの全身からにじみ出ていたのである。

こんな人たちを見たのは久しぶりで、結婚ってそういえばこういうものだった！　社会に向けてするものだった！　と目からウロコが落ちる思いだった。

最初から距離がぎゅうぎゅうに近い恋愛結婚と違って、ある程度冷静であり、ある意味この結婚が彼らにとっては仕事の一環のようなものなので、ふたりの間合いがちょうどよく開いていたのもとてもよかった。

開いているからこそ風通しもよく、佇まい

もきれいなのだった。

……そうか、こういう可能性もあるんだな、人と人には。

最近聞く婚活って、みんな「自分がどんな思いをできるか」の話ばっかりで、「世の中にとって役立つこの仕事をする彼という人間を世の中のために支えるのが私の仕事」という考え方を忘れそうになっていた。

しかも昔の時代ではないので、昔みたいに「嫁に行ったら苦労する」度合いもかなり減っていると思うし。

このふたりが人として深く知り合っていきながら、成長していくのだと思うと、見守りたい気持ちがわいてきた。

年配の人たちが若い人たちを見守るって、こういうことだったんだなあ！

……と私が勉強になった。

いろんな意味でもう遅いし、生き方が違うけれど、さわやかな気持ちになったのは確かだ。

人間関係って、ただひたすらにつめていけばいいというものではない。

そっとそこにあるというだけでいいことのほうが多いように思う。

つめていきたいと思うのは「欲」から派生する気持ちだから、なにかと暑苦しくなってしまうのだろう。

おまけ　すごい銀行を見た

私がローンを組んでいる銀行が春先に合併していろいろなことが変わったんだけれど、ホームページを見たら、「当行員の起こした不祥事について」「元行員が起こした事件について」みたいな不穏なＰＤＦがあったので開いてみたら、思っていたようなかわいいものでは全くなくて、「定期を作ると言っておいては全くなくて、「定期を作ると言ってお金をもらってドロンした」とか、すごいのは「元行員が死体遺棄をしたと報道されました」とか書いてある。

　ここまでくると、もはや正直でえらいとされ思って唖然とした。

おまけ　マルーちゃんと初めて歩いた

　よく考えてみたら打ち上げでいっしょにごはんを食べたりしたことがあるんだけど、しっかり話したことはなかったのかもしれない。

　こんなにも心の中をさらけ出しあって、お互いのことをこわいくらい知っているのに、体の言葉では話したことなかったんだなと愕然とした。

　互いが八十歳くらいになるころには、小さな積み重ねで体の言葉が育つだろう。

　ふたりは、中学生でも幼児でもなく、まさに小学生みたいだった。

　しかも日本の小学生ではなかった。

　異国の小学生たちは、話がつきないまま、長いカラフルな服を着て、西荻窪を歩いていった。

お兄ちゃんのひざが好き

マルーちゃんの個展

秘訣いろいろ

山ゆり

◎今日のひとこと

いつも思うのです。
人生はほんとうに短くて、あっという間。

お金持ちで自分で床をふいたり調理しない生活をしている人は、スーパーで卵が安いから買ってきて茶碗蒸しや目玉焼きを作ろう！というワクワクを知らないかもしれないし、床をふいたぞうきんが真っ黒になる快感を一生わからないかも。

美人でスタイルいい箱入り娘は、そのまま玉の輿に乗って深夜チャーハンの喜びを一生味わえないかもしれないし。

ゆりの花

男好きのする見た目だと男にはことかかなくても、おっちゃんたちに混じって居酒屋で煮込みを食べたりする喜びを知らないかも。

男性であっても、例えば恵まれた二世は男同士のほんとうの友情や身を焦がす恋を知らないで生きなくてはいけないかもだし、土地資産の管理を親に押しつけられて自分の才能を一生知らないで生きるかもだし。

仕事ができてモテる人は、時間がなくていつもコンビニ弁当かもしれない。

みんな同じ、ある意味自分の好きな（あるいは選んだ）場所でしたいことをしているだけなのです。その場所での向いていることを精一杯。

作家で成功して家族まで持ってなんだよとよく言われるのですが、すごく儲け率の少ない仕事だし（一年間取材費を使って何日も徹夜して書いても取材費と儲けはトントンだったりします）、あと少しで書き終わる、今がだいじだというときに子どもが熱を出したり、夫が出張に出たり、保護者会があったり、近所の行事があったりするわけですし。

世界中のすてきな場所に行けていいと言われても、相手が取るから宿はジェットコースター並みにピンキリ、スタッフを連れて行くともはや足が出たり（でもひとりだとすぐドジを踏むからいっちゃんなしでは動けない）、まあ、そんなものです。

でも書きたいから、書くのです！

ちらっとネットを見ると、私なんてブスでセンスが悪いデブのババーで（このへんはある意味ほんとだけど！）、子どもはバカ、だんなはインチキ、後ろに悪霊がついているから離れなさい！　みたいな……笑！
これを言ってる人は私に対してどんなうらやましさがあるんだろうなあと思う以外なにもできないくらい事実とかけはなれていて、現実はどんな人でも意外に地味なものなのになあ、と思います。

いつかトスカーナに広大なオリーブ園を持つ大富豪の家に遊びに行かせてもらったら、兄弟で修理と人事と庭に点在するアート作品のお手入れの細かく手間のかかる話ばっかりしていて、でも彼らはアートとオリーブ園に関してすごくマメで真摯で、ああ、こういうものだよなあと思いました。

モデルで細くて美人で高級マンションに住んでいる人とお好み焼きパーティをしたら、彼氏がいなくて淋しくてしかたない、筋腫で病院に行ったら不規則な生活を先生にねちねちいじめられて、でも仕事だから不規則はしかたないし、もうあの病院行きたくない、くよくよ……という話をしていて、きゅんとしたり。

寒い中で撮影して体を冷やし、チクチクする素材の服を着てじんましんができて、それでもにっこり笑うんだよねって。

みんなそれぞれの現場でおんなじだから、妬んでいるひまに、自分の現場をコツコツよくしたらいいんだな、って思いました。

春の花たち

◎ふしばななのようなどくだみちゃん

山ゆり

　宇宙マッサージを受けた後、プリミ恥部さん[*28]に心からありがとうと思いながら、こんなにただありがとうと思えることはないなあとしみじみと嬉しく感じながら、宇宙マッサージで体も心もほかほかで原宿を歩いていたら、お花やさんの中にきれいな大きなピンクのゆりが見えた。

　一本だけ買いたいなと思ったけれど、あまりにもしゃきっとしていたので二本買った。

　長いまま活けたかったので長く包んでもらい、けっこう苦労して人混みを抜け、週末舞台に出るお仕事があったので、いつも選ぶのをお手伝いしてもらうコムデギャルソンの佐々木さんに相談しに行った。

　私の物持ちの良さは異常で、十年くらい平気で同じ服を着ているので、川久保先生もきっと驚いているんじゃないかなと思う。佐々木さんはそんな私の定番オタクな好みを考えつつ、なるべく似合うものを安くというのをちゃんと考えてくれる。

　この長い歴史の中、お互いに親を亡くしたり、犬や猫を亡くしたり、たまにしか会わないのに長いおつきあいのとてもセンスのいい人だ。

　私のLサイズを探しに佐々木さんが倉庫に行っているあいだ、お店の他のお嬢さんが話しかけてくれた。ゆり、きれいですね！　と言って。しばらくゆりの話をして幸せに待った。

　佐々木さんは帰りがけに、私の持っていたゆりを見て、言った。

「昔ね、私が赤点ギリギリだったとき、先生が優しくてね、もし君が山ゆりを摘んできてくれたら単位をあげるよと言ってくれて、私学校の裏に摘みにいってね、先生の机に活けておいたの。そうしたらほんとうに単位をくれたんですよ。亡くなった奥様の好きだったお花だそうでね。あまりにいい思い出だから、忘れられないの」

　宇宙マッサージでほんわかした私がふっと思いついてゆりを買ったことで、こんないい話を聞けるなんて、まるでわらしべ長者だなと思いました。

　これが宇宙タイミングというものなんだな。

すごく不思議なんだけれど、プリミさんがあわてて駅に走ってるところとか、イライラして子どもをどなりつけているところとか（ただし、にこにこしてばかりいるわけではないことはわかる、ふつうに怒ったりはしている気がする）、宇宙料金をあの人はたくさんくれたかなあ、今日は意外に少なかったなあ、とか考えているところを全く想像できない。

いつも涼しくて落ち着いているというわけではなくて、なんでもいったん肚で受ける落ち着いた感じがある。

昔、私は人のことがあまりによく見えすぎて、観察して見えたことをぺらぺらしゃべっていたことがあった。

それでも見えていることの百分の一くらいだったと思うけれど、なぜその人がそうふるまうのかを分析するのが好きでついつい言ってしまうのだ。

あるときいっしょに住んでいた人と別れたとき、その人がおかしくなって、私が家で言っていたことを「悪口を言っていた」と当人たちに言いに行ったことがあった。きっともうなんでもかんでもやりたかったのだろうから、全然責める気はない。

ただ、そのとき私は悟った。

私にとっては悪口ではなかった。なぜなら人にはいいところも悪いところもあり、お互い様で、なおかつ私はいつでもいいところもセットにして考えているからだ。この人のこが悪い、だから嫌い、では常に全くない。

あの人は男にはだらしないよね〜、でもだ

からこそ常に輝いているんだね！　みたいな。

でも、悪いところだけとったら確かに悪口になってしまうんだなあ！　と。

私のぺらぺら感はあまり変わっていないけれど、本人に面と向かって言えないことは言わないようにより気をつけるようになった。

そういうのって必ず佇まいに出てしまうからだ。


その人がいくら斜にかまえていても、照れ屋でも、やっぱりそうなんだなと。

それぞれの道をしっかり歩いた人は、いろいろな苦しみを経て、みななぜか同じような愛の地点で出会う。

だからその道だけを信じればいいんだ、そう思う。


私の知人のサイキックの人が、赤ちゃんができにくい女性を観たとき、すでに女の子がいるけれどやはり男の子がほしいと言っていると聞いて、「今いる女の子をふたりで慈しんで育てればいいじゃない、と思うの。人の欲が愛情を上回るのは悲しいよ」と言っているのを聞いて、ああ、この人はやっぱりどこまでも人を救う職業なんだなと感心した。

「女王蜂」のライブの前

◎ふしばな
尊重と愛、愛とお金

私は昔ものすごいベストセラーを出して、複数の出版社がビルを建て替えたりしたほどだった。

でも本人はきっちり半分以上を税金で取られ、それで三軒の小さな家をあちこちに買い、自分も住んだりしながら、今はそのうちふたつを貸している。なので不動産売買のことには詳しいよ〜。

あとは両親の看取りですっからかん。

極めてつつましく暮らしているし、小説を書く力は明らかに前よりも向上しているので、このままコツコツやっていきたいと思っている。

屋根があって、毎日お湯が使えて、自分や

家族の健康にお金を投資できて、たまに外食できて、たまに服を買えて、そしてなによりも書ければ文句はない。

お金持ちに結婚を申し込まれたこともあるけれど、ロルフィング命、真面目一徹の人と事実婚をし、子どもがひとり。

でもきっと子どもが後から思い出す私の姿は、岡本太郎さん並みに「母はいつも書いていた」だろうと思う。

「書いてるか、食べてた」かな　笑。

こんな生き方もあるのだ。

ベストセラーを出していた頃は、依頼とか接待の気合が違った。社長がじきじきに出てきて二十代の小娘と懐石を食べてくださったり（バブルだったしね）。

でもそれを私は自分の実力とは全く思っていなかった。

楽しいなあ、でもまだ若いし、実力以上のことが起きているし、たまたまだから経験として楽しんどこう！　と思っていた。

今、ほんとうにたいへんな仕事でヨーロッパに行くときにビジネスクラスを取るのは、現地でのパフォーマンスを最適にするためだけで、贅沢のためではない。それはすごく理にかなっていると思うし、必要なお金だ。

でも当時はビジネスクラスに乗せてもらっても、ディズニーランドの乗り物と変わらないくらいの意味しかなかった。子どもだったからだ。

しかし私はその時々に助けてくれる人にしっかり巡り合い、大変幸運に生きてきた。

巡り合った人々をほんとうに誠実に愛してきた自分もえらいと思う。

やがて出版界がむちゃくちゃ不況になり、私の収入は四分の一くらいになった（普通それではなかなか生きていけないが、もともと贅沢ではないので全然オッケーだった。たまに税金が払えないけど）。今周りにいる何人かの編集の人たちだけが残った。

その人たちはどんな時代になってもなんの仕事をしても生き残れるような人たちで、私はその数人に賭けた。

だから気持ちは安定している。

ただ、もしその人たちさえ書かせてくれなくなったら、私は家賃収入と年金に頼りながら、同人誌手売りにいつでも戻って行くだろうと思う。

読者さえひとりでもこの世にいるなら。

その覚悟があれば、お金が入ってこないことは怖くはない。事業を縮小して、備えるだけだ。

あるときから、そのメインの人たち以外の編集者さんたちの様子が、自分の日本という特殊な国での地位をはっきりさせてくれているなあ、と笑えることが多くなった。

「吉本さんの本みたいな売れない本を作るのも楽しいって初めて知りました」という手紙を若い編集者さんからもらったときは、目が点になった。これを褒め言葉だと思って書いているんやな！　と。そりゃそうだよね、私がベストセラーを出していた頃（今もたまに出すけどあれほどの規模ではない）、まだ子どもだったんだもんね。

ついに最近「もううちで書き下ろしはしないんですよね、それでは今までありがとうございました、さようなら」と向こうから縁を切られたケースでは、口が開いた。

もう一般の編集者さんは文学を求めてないんだなあと笑えてきた。

読者の一部は切実に文学を求めているのに、だ。

そして私の元には広く浅くではなくて、とても深く「あなたの作品に救われました、ずっと読んでいます。もしあのときあなたの小説がなかったらどうなっていたか」というメールが毎日のように届いているのに。

救えずに亡くなった人もたくさんいる。私は万能でもないし、神でもなく、ヒーラーでもない。できることをするしかない。でも、確実に救えた人はいる。それだけが誇りなのだ。


だれにも恥じることなくまじめに小説を書いているので、海外でも本を出しているし、読んでくれる読者は各国にいる。

海外では吹きっさらしの楽屋で飯抜きでいつまでも待たされることだってあるし、ぶっつけ本番で見知らぬ歌手とトークをすることもあるし、アシスタントのホテル代は出せませんなんて言われていっちゃんとダブルベッドに枕で壁を作ってきゅうきゅうに寝たりもする　笑。

袖無しで海辺で真冬の撮影（これが毎日だったら大変だ！　と思うから、私はあの人たちを楽で稼げる仕事とはとても思えない）とか、意味なくウエディングドレスを着てくださいとか。

海外の人たちって、笑えるくらいにむちゃくちゃなのだ。

でも、たったひとつ、彼らが決して失わない態度がある。

「この人は珍しい特技を持っている。それだけは尊重する」

というものだ。

それさえあれば、豪華な会食も立派なホテルもいらない。

変な撮影や厳しい質問や長い対談にも耐えられる。

「特技がある人を尊重」がほぼなくなってしまった日本であっても、ものを読んだり書いたりするのが好きな人は、これからもしっかりと道を見つけていくのだろうと確信している。

切りたい人は切ればいいと思う。

グチではない、新しい希望の話。


私は気の毒に思うのだ。お金とか部数重視で好きでもない人とも仕事をしているから特技のある人を平気で切れるわけで、私と違ってそんなに好きでもないことを生きる糧としての仕事にして生きていかなくてはいけない、そのような人を。

でもその人たちにはその人たちの好きなことがあって、好きな作家さんがいるだろうから、それでいいのだ。適材適所がいちばん、むりして組むことはない。

そう思ったら、全然許せるし、幸せを感じた。

まだ敬意をもって一緒に働いてくれる人たちに、心からありがとうと思える幸せ。

「大三新生丸」のお刺身

にら玉

やきそば、みんなおいしい!

そうじと断捨離

◎今日のひとこと

このメルマガもそろそろ二年になります。そろそろ「嬉しいが読みきれなくて毎回流してしまう」（流してくれて全然かまわないのですが）という声も高まってきているので、少しペースを落とし、内容はますます濃いめで長めで自由にしていきます（随時状況に沿っていろいろ変化して、出したり引っ込めたりできるように、世間のメルマガの半額に設定したので）。

なんかねえ、いくらでも書けるから、わざと短くしてポンポン出すのが自分にとってはケチくさい気がしてこのくどい性に合わない

「サニーズコーヒー」のクラムチャウダー

のですよ！

かといって、出しすぎて追いつけないと言われ続けるのも悪いし！

「やたら更新されてお得だから読んでいたのに」という方は、そろそろいったんこのメルマガを断捨離していただくもよしだと思います。

そしていつでもまた戻ってきてください。

ここは月四百円で出入り自由の場です。まるでかつての鶴光のオールナイトニッポンのように、風邪ひいたときの熱いスープのように、生きにくいある種の人をちょっとだけ気楽にさせる小さな魔法のかかったゆるい場所です。

そしてばななさんがiPhoneで撮ったしょうもない写真も見ることができるところ！

来ちゃうと読まないといけない気がしちゃう、みたいな方たちよ、どうぞどうぞ、ゆっくりためておいて、ちびちび読んでくださいませ。そこからまた精神の小さな自由が勝ち取れます。

それから「いくら読んでも読み足りない、とにかく活字を読みたいのだ！」という方がお友だちにいらしたら、ぜひおすすめくださいませ！

さて、旅先で、小さい荷物の中から服を選んでなんとか着まわしているとき、詰め替えて持っていった化粧水やクリームを最後の一滴まで使い果たすとき、穴のあいた靴下やゴムが伸びたパンツをホテルのゴミ箱にさよならするとき、いつも思うのです。

ああ、私の家での雑多な日常も、こんなふうに気持ちよく最小限で暮らせたらなと。

しかし、日常の中で何かを決めるということは、何かを切り捨てるということに他なりません。

ヴェジタリアンになるなら、肉好きの友だちを。

十枚の服だけで暮らすなら、ショッピング＝ハンティングの喜びを。

化粧をしないのなら、デパートの一階のキラキラを。

だからなかなかシンプルになれないのだろうし、シンプル界に生きてから定着するまでには十年くらいかかる。そう、それはちょうど出産前／後みたいな感じです。

子どもがいない友だちと急激に話が合わなくなっていくのに比例して、子どもがいる友だちがぽつぽつ増えていく……みたいな。なにかを捨てれば、なにかを得る。そういうことです。

だから、

断捨離をして節約された空間、時間、お金を使って、

何をしたいのか？

がはっきりしていること。

それが全てだと思います。

親子の後ろ姿

◎どくだみちゃん
お父さんのコート

お父さんが死んだ年の冬、韓国にお父さんのコートを着ていった。

しかし体調が悪く熱があって、うっかりタクシーに置いてきてしまった。

タクシーの運転手さんはまるで韓流ドラマのように追加のお金を要求してきたり、届けるのを拒否したりしたけれど、お父さんの形見だと言ったら、すぐ届けてくれた。それもまた韓流ドラマっぽい。


でも私はほんとうはわかっていたのだ、怒りだしたいくらいだった。

コートなんてどうでもいい、お父さんにはもう会えないんだもの！

お父さんが生きているときは、コートを借りたらただ嬉しかったのに。

今はそれを自分が手にしていることがとても悲しいのだ。

ものはものなんだ。

そんなこと痛いほど知っているつもりだったのに、お父さんのコートに寄りかかるように歩く自分がいた。

へろへろになって夜中少し体調が回復したとき、ものすごく寒い街角にぽつんと食堂があって、カルグクスとカタカナで書いてあった。

カルグクス、うどん？　と言ったら、店のおじさんが優しくうなずいてくれた。キムチを入れるならここにキムチがあるよ、トングで取っててな、と身ぶり手ぶりで教えてくれた。

窓が曇る食堂の中、やはり韓流ドラマのワンシーンのように、温かいうどんの優しい味に泣きそうになった。

これが韓国の涙の質だと体感した。

体調が悪い私をかばって、いっしょにうどんを深夜に食べてくれる人たち、私の今の家族。

なんて遠くまで来てしまったんだろう、お父さんのコートは。

お父さんが死んだ朝、香港でぼんやり歩いていたら杭にひっかかってしまい、だいじだったコムデギャルソンのスカートがびりっとまっぷたつに破れた。

私の心の代わりにスカートが破れてくれたと思った。

だから私はしっかり立っていられる。

お父さんの遺体に会いに、しっかりと東京まで帰れる。
小籠包なんて食べちゃって、おいしいと言ったりさえできる。
そう思った。
ありがとうと言って、さよならしたあのスカートよ。
もう私はあれをはいて歩くことは一生ないんだよなあ。
まだお父さんのいた子どもだったときの、思い出のスカート。

そしていくらなんでも命日当日すぎて破けたほうのお気に入りスカートをはいている記念写真がなかった(あったら逆にちょっと心配だ)ので、その前に涙目で出たパーティのギャルソンのドレスの写真であります

それがこのコートであります!

◎ふしばな　いちばん効率がいいのは自然であること

なにかをこぼして、床を拭いている。あるいはなにかを割ってしまい、ガラスの破片がないようにていねいに掃除機をかけて、ガムテープで破片をぺたぺたして、片づける。

そうやって床をいつもよりじっと見ていたら、周辺のしみだとか汚れだとかが気になってしまう。

なのでぞうきんとか洗剤をわざわざ持ってきてまで、こつこつと拭く。

疲れてやる気がなくなるあたりまで広げて拭く。

そうしてそこだけがきれいになっていると気分が良く、そのまわりもつい拭いてしまう。それを持続したくなってなんとはなしにそうじしたい気分が続く。

そうじって、そういうふうに手元から広がっていく形のほうが実はいいのではないだろうか？

たいていのことって大枠から考えた方が合理的だとされている。まず全体にはたきをかけて、二階から掃き下ろして、一階で雑巾掛けをして……みたいな感じ。確かに毎日そうじをする場合はそのほうが効率がいいと思う。

でも、時間が味方しているような自然な雰囲気で、そうして手元から始めた方がほんとうにきれいになって、それを維持したくなってしまうというのも確かだと思う。

毎日じっと見ていないと、汚れってわからない。

忙しさの中でぐちゃぐちゃの部屋に住んで

いると、それが普通になってほこりなんて見えなくなっていく。

　前に住んでいた家がまさにそういう感じで、CDの上に一センチくらいほこりが積もっていたのだが、忙しくて全く見えなかった。いつものCDがあるなあとだけ思っていた。

　その頃はそうじがただ忌むべき義務で、きれいになって嬉しいどころではなかった。

　今も忙しいが、事務所をたたんで社会的責任が若干軽くなったので「気晴らしになる」くらいの余裕はある。

　税金を大量に払った後など、そうじで階段を上り下りするたびに「ジムに行くお金が節約されてるな」と思うし、昔はおそうじの人がドタキャンなどすると「このクソ忙しいのに！」みたいなことを思ったものだが（泣いたことさえある）、今は「今日払うはずだったバイト代が浮いた、飲みに行こう！」などと思えるのだから、ある意味お金がないってすばらしい（？）。

　伊藤まさこさんが「家事のニホヘト」[*29]という名著の中で、いつのまにかたまっていく小さな汚れを「もやり」と呼んで、Tシャツを細かく切った使い捨てクロスでこまめにそうじしていると書いていらしたが、さすがだな！　と思った。

　歯ブラシを入れているコップの底の方だとか、電気のかさの上のほうとか、モビールとか、いちど気にしないと決めてしまうとどんどん家がくすんでいくそういうポイントこそが大切で、きれいになっていると部屋がきらきらする。そしてそれを保ちたくなる。ここができているとお店でも一段清潔感がアップする。

……とは言っても、私はそうじはいまだに全然だめなんだが。悲しいくらいに。

それでも思う。

お正月って日本中がなんとなく清潔感の溢れる空気に満ちていると思うんだけれど、まめにそうじをしていると家の中が常にお正月みたいなスカッとした感じになるなあと。

断捨離についても同じように思う。

さて、大量に捨てよう、減らそう！　からではなく、単によくそうじをして整頓をすると「これは違和感があるな」「ここにこれはいらないかな」というアイディアが自然に浮かんでくる、そこでそのときにいらないものを捨てる……くらいに、手元の小さなところからやっていくと、いつのまにかいらないものはなくなっている、その方式のほうが意外に効率がいいし後悔もない気がする。

赤ちゃんが小さいときに働いてもらっていたおばあちゃんが傑作で、まず、家の中でサングラスをかけてお掃除しているのだが、果たして見えているのだろうか？　といつも思った。

いつだかすごく自慢げに、雇用主である私に対して、

「私は帰るとき、とにかくぱーっときれいになってる感じがしないと働いた気がしないの！　たとえ上っ面だけでもね！」と笑顔で言ってたのがおかしくて、今でもたまに思い出すと吹き出してしまう。

姉と愛猫シロちゃん。夫がいいカメラで撮った写真です

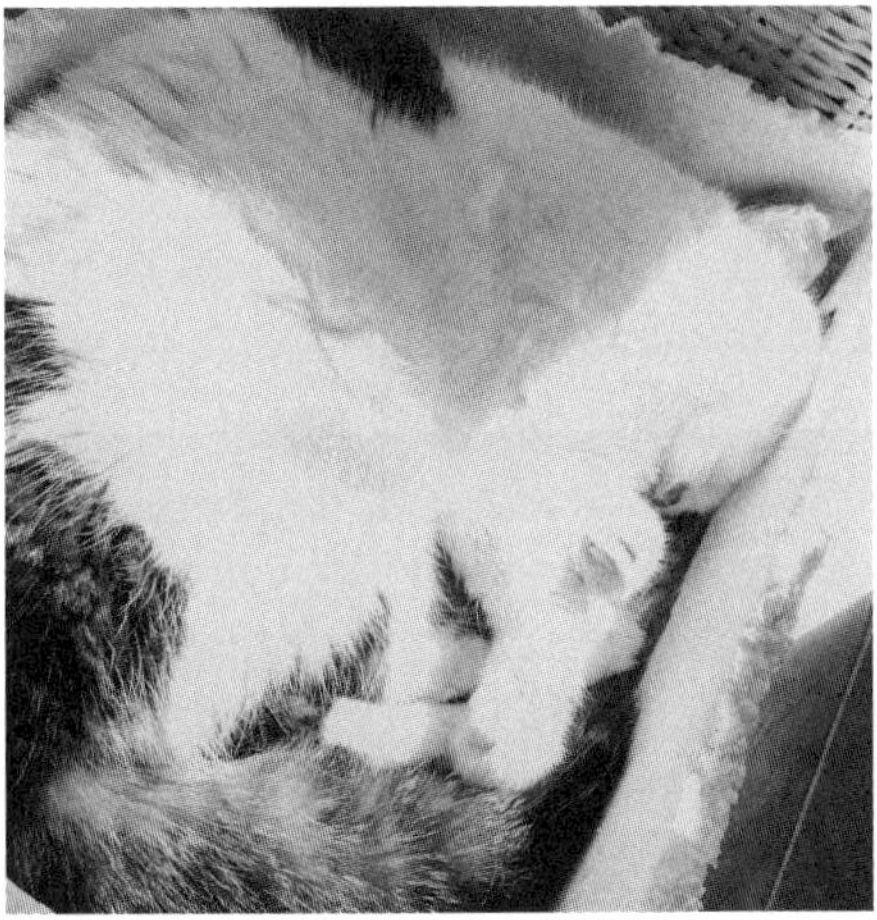

タマちゃんの眠り

生きる、学ぶ、反面教師

◎今日のひとこと

　若いとき、仕事が殺到していて二十四時間ほとんど働きづめで、そうとうな量の仕事をお断りしていたときでも、私は決して傲慢な気持ちになりませんでした。まじめすぎてなりようがなかったというか。

　事務所のスタッフや編集者さんにはふざけて「そんなてきとうな依頼書の人にはてきとうに断っちゃえ！」なんて言っていたけれど、心の中では「今ほど働けるときはないから、働いておきたい」と思っていつもあせっていました。

　ちなみに、三十年間、一回だけぎっくり腰

「440」[*30]のステージ

で全く動けず堀北真希ちゃんとの対談をキャンセルしたことがあるが（今思うと惜しい！が、車椅子レベルのぎっくり腰だった）、〆切には一度も遅れたことがありません。

ただ、そんな中でもつい「半径三十センチでできるお仕事より、遠くで人に会うような仕事のほうが貴重だな」とは思ってしまっていた気がします。

遠くで緊張する人に会うようなお仕事や人前に出るお仕事って充実感ハンパなく、数日間は頭が元に戻らないし、そのくらいハイな気持ちになります。だからすごくやったような気持ちになっちゃうんです。

今になって思うと、全然そんなことはないのです。

「私が原稿書く時間のほうが、ごはん作る時間よりお金になる」これは確かです。

でも、お金じゃない、エネルギーの面で考えたら、同じなのです。

同じ時間をつかって、私がごはんを作り、それは作品として家族の胃にしみこむ。

その過程で私が得られる学びや充実感。

それは注いだエネルギーの「質」（量ではない）に正確に比例するので、ぶっちゃけて言えば、なにをしててもいっしょなんです。質さえ良ければ、いいエネルギーが返ってくるだけ。それだけで、お金は時差で後から同じくらいついてくるとさえ言える気がします。

私が原稿を書いて同じものを得たり、遠くに出かけていって誰かに会って話をして学ぶのと、「もしも私が目の前のことに情熱と謙虚さを持ってしっかり向き合えたら」結局

「世界に及ぼす影響は」全くもって同じことなのです。

発散したエネルギーの質だけが問題なのです。

質がすごく良くて量は少なかったり、量だけ多くて意味不明な発散だったりすることがあるからややこしいだけで、基本はいっしょ。

やってることに気持ちが入ってなくていいかげんだったら、ごはんを作ろうが千人の前で講演しようが、だめなんです。

このことを体で知った今となっては「専業主婦も学生もお年寄りも、同じくその人の全てを使って生きていればいい、稼ぐ人の方が尊いわけではない」というのを昔以上に本気で言えるようになりました。

そうしたらへんにあおられる感じが減って、すごく生きるのが楽になりました。

鳥たち

◎どくだみちゃん

Hさん

ほんとうにいつもの光景なのだ。

私がだらだらとライブ会場に入っていく。ユザーンのタブラが並んでいる。大切そうに、ひとつずつインドの座布団（違うんだけど、そんな名前じゃないんだけど）に乗って。

あいさつしたりしゃべったりしながらも、ユザーンは指のウォーミングアップをしている。心はまっすぐにタブラに向かっている。

ユザーンが演奏を始めると金属と太鼓の中間の音みたいな独特の音が、会場に響き渡る。

私たちのＤＮＡの奥深くにきっともともと入っている音。

だから音楽に深く入っていける。

いつもたいていいちばん前の席にＨさんがいる。

いつもの丸顔でにこにこして、聴いている。

追っかけの人って、ミュージシャンの友だちに対してきっと複雑な気持ちを基本抱いていると思う。

あたりまえだと思う。でも、追っかけの人は追っかけで埋められている日程を見るのが生きがいで、追っかけ友だちと追っかけ相手の話をしたりするのが楽しくて、自分の生活は別にちゃんと取ってあるから追っかけなのであり、

友だちというのはそのミュージシャン個人の存在を支えるものだから、全く違う応援のしかたなんだろうなと思う。

でもついついそのへんがぐちゃぐちゃになりやすいフルタイムの追っかけなのに、Hさんは温厚で、淡々といつもユザーンのライブにかけつけている。

おっかけの鑑だと思う。

私を見るとにこっとしてあいさつしてくれるし、ちょっとだけ言葉を交わしたり、一杯だけいっしょに飲む、それだけの関係。

いっそHさんが、ユザーンに惚れ薬を盛ろうとしたり、夜な夜な悪魔のように彼の周りの女性たちを呪っていたり、会社では有名な意地悪キャラとかだったらほっとするというくらい、気がいい人だ。

いつまでもこんなふうに「いつもの」ライブに来たいなあ。

「440」のスパムにぎりは温かい上にごまが入っていて密かな名作!

前の席にHさんの丸いシルエットがあって、かわいい横顔があって、その向こうでユザーンがタブラを叩いていて、ごきげんな音楽が鳴り響いていて、こんなあたりまえの光景を、なるべくたくさん味わいたいなって。

踊るように、そんな光景の合間をかけぬけて生きて死んでいきたいなって。

◎ふしばな
反面教師

Hさんの話から続いて書くが、世の中にはHさんとは違う恐ろしいおっかけがいっぱいいる。前に原マスミさんから聞いて驚いたのはいちばん前の席に陣取って、じっと原さんを見つめにこにこしながら「ばかやろう」「ふざけんなよ」と原さんに言い続ける女性がいたという話である。でもこんなの軽い方だそう……。

これは多分本人が絶対読んでいないだろうと思ってする暴露話だけれど、この世には様々な面白い依頼があり、それだけでエッセイ集が一冊書けるほどだ。

依頼状にいまだに「よしもとばなな」とひらがなで書いてあるのは、私が名前をコロコロ変えるのがいけないので訂正して終わり、なんの問題もないしよくあることなので、実はなんとも思わない。タイミングを逸するのがこわくて即「漢字です」とお返事するだけだ。先方は恐縮してあやまってくださるが、実は気にしてない。

最近いちばんウケたのは、あて名は一応私なのだが「さて、今回はほしよりこさんに原稿をお願いしたく」と書いてあって、さらには「資料として角田光代さんの回を添付します」と書いてあったのに、開くと町田康さんの回が添付されていたことだ。

一休さんのように「まず屏風からその虎を出してください！　そしたら原稿書けます！」みたいな気持ちになってしまった。

推理もなにもないくらい簡単なことで、多分ほしさんへの依頼状をそのままコピペして、名前を直さないでうっかり送ってしまったのだろう。

そして締め切りの短さから推理するに、ほしさんにお願いしたが断られてしまったので、第何候補かの私にメールした頃には、角田さんの回から町田さんの回に紙面が移ってしまったのではないだろうか？

そうとうギャラが良かったので一瞬「なにも気にせずにやろうかなあ」と思ったけれど、依頼状の雰囲気を見るに、この人と仕事をするとゲラの直しの反映や振込に問題が生じて、ギャラ以上にエネルギーを使いそうだったので、お断りしてしまった。

ということでお金と時間に対して等価であれば、仕事上のそういうおもろい事件はただおもしろいだけでなにも心を煩わしたりしないんだけれど、そして実に優等生っぽい話になってしまい恐縮だが、反面教師というのは必ず存在すべきものなのだと思うのだ。

私はうっかり壷井さんや斎藤くんの苗字を、打って出てきた壺井、斉藤と書いていないだろうか？　同時期に出た単行本の担当者にうっかり違うメールを書いたりしていないだろうか？

しているのだ、寝ぼけてメールを書いたりしているときに、きっと。

イラストレーターの人に立場を盾にして強引に仕事を頼んでいないだろうか？　勝手に会議で俎上に載せておいて、先方の都合を考えずに依頼していないだろうか？

しているに決まってる。

全員が間違いなく感じよく正しく依頼してきたら絶対に気づかないことを、その人はこうしてぞっとする感覚と共に教えてくれるわけである。無料で。もし仕事を受けていたらなんと有料で！

酒癖が悪いのと遅刻癖と性にだらしないのは微妙にリンクしているのではないか？　と常々思っている私なのだが、たまに大きく遅刻してしまう。

前に沖縄で時間を全く読み違え、あの有名な「本島の一本しかない道路必ず渋滞」の時刻も読み違え、おじぃこと垂見健吾[*31]さんをたくさん待たせてしまったことがある。

もちろん途中で電話もしたし本気であやまったけれど、彼は全く怒っていなかった。ちょっとはムッとしているというのも全くなかった。沖縄は渋滞しやすいから、よくあることだ、と言ってくれた。

何回も何回もあやまる私に、垂見さんはしょうがないなという感じで話してくれた。

まだ大企業でカメラマンをしていた若いとき、すごく忙しい作家さんを四十五分も遅刻して待たせてしまい、ものすごく反省してそれからは自分は遅れないことに決めたから、つい早めに来てしまうのだが、相手が遅れてくることはいっこうに気にならないんだよ、と。

その話は、おじぃが怒っていないことが真実であるからこそ、私の中により深くしみてきた。もし怒っていて説教されたのなら、もちろん素直にあやまるけれど「こんなに怒らなくてもいいじゃないか」と思ってしまうと思う。

そしておじぃのこれまでについて考えてみた。いつも時間きっちりにいる。すっとしている。バタバタしていない。そうか、そういうふうに印象に残るんだ。

あれ？　待てよ、飛行機の時間までまだ余裕しゃくしゃくだって言って、車で送ってくれる途中でタオくんの運動会に寄って、おやつも買って、ぎりぎりだったことがあったような？　空港の全員が私たちの荷物検査に動員されて走って飛行機に向かったような？

いやいや、それはぎりぎりだからやっぱり間に合っているんだな　笑　！

これぱかりは人の育ちからくる性癖だったりするからなんとも言えないけれど、私は個人的に前後十分の幅はよしとして待ち合わせをしていることが多い。

でもそれが三十分の人も、一時間の人もいるのを知っている。

予定がきっちり立てたい公の旅だったら、そういう大きな幅の遅刻の人とは行かない。そしてそれだけのことで、怒ったりはやっぱりしない。

「いつも」（たまになにか事情があって遅れるのとか、行きたい気持ちがあっても前の予定が押すとかは全く別）大きく遅刻する人（何人も知っているし、マリリン・モンローもそうだったろう）というのは「人のペースで動くのがいや」なのだ。実のところは。

「人のペースで動きたくない」を無意識のうちにいつも実行するから、そうなってしまうのだ。あ、ここに自分だけのことをはさみこまないと、ついていけない！　とか準備がまだで緊張もしていていやだ！　とか思ってしまうのは自我の問題であり、別の解決方法を見出さない限りはいつまでも「遅刻の人」と呼ばれて、待ち合わせのスタートからあやまることになる。スタートがごめんなさいだと、一日中なんとなく浮かなくなる。

それに気づけばもう少し楽になるんじゃないかなあと思うんだけれど、きっと気づきたくないのだろう。

でも「いつも遅刻の人たち」は、私に深く教えてくれた。

ずっと人のペースで動かなければいけない、あるいは余裕のない乗り継ぎのフライトですごくタイトな気持ちだ、みたいなときに急にしたくなる小さな抵抗のようなものを、その場はぐっと抑えて「遅刻しなかった成功体験」として刻み込み、夜、それがどんなに遅くても、やっとひとりになったときに一杯ビールを飲むとか、お菓子を食べるとか、本を読むとか、体に悪くてもなんでもやっていいと決めて、その自由時間の瞬間に欲を先送りすればあの「遅刻してしまいそうだけれど、どうしても今これをやりたい、なぜならこれをやりたいことこそが私のペースなのだから」という衝動をクリアできて、ごめんなさいな一日にならなくて済むのである。

おじいのように気にしない人と待ち合わせたとしても、人が多少やきもきしながら自分を待っているというのはエネルギー的には実に良くないことである。

私は待つのは割と好きで、常に「自由時間をプレゼントされた！」くらいに思っていいそとたまっていた読書などしているが、そしてもしそれがフライトとか新幹線の問題だったらさっくりとひとりで先に行ってしまうから相手への怒りやいらだちは感じず、つまり私はおじぃ型なのだが、これまたそうでない人（人が一分でも遅れたら怒りはじめる人）というのもこの世にはいて、私からみたらそれはそれでそこまでいくと遅刻癖と変わらない病にみえるのだが、本人はたいへんだろうと思う。

イライラして発狂しそうになって人を待っているのも、またひとつの偏りなのではないかと。

私は今「十分遅刻する人、される人」というていで収まっているが、正確な人から見たら、かなりイラっとするだろうと思う。

正確な人と大きな遅刻者が運悪く待ち合わせた場合に受ける「イラっ」がその拡大版だと思うとぞっとする。

遅刻する人を責めているのではない、人間とは神秘的なものだなあという話だ。

そして全員が魔法のようにロボットのように遅刻しない世界にいたら、このことを考えなかったと思うので、やはり反面教師というのは大切だなあと思うのだ。

たれさがる花

幸せなパンの山。竹花いち子さんのレストランで

あと一歩を踏み出す

◎今日のひとこと

恋の悩みはつきないものです。

でも極論を言ったら、相手が生理的に触れない人でなければ、そして見た目のどこかに決定的に好きな部分があれば（まつげの角度とかでもかまわない）、だいたいみんな同じなんです。向き合って長く過ごしてしまえば美人もブスもイケメンもブサイクも関係ないんです。人にはみないいところがあり、どうにもならない欠点もある。そこを好きになれるかどうかはともかく許せるかどうか、それが最終的に人間関係の全てだと思っています。

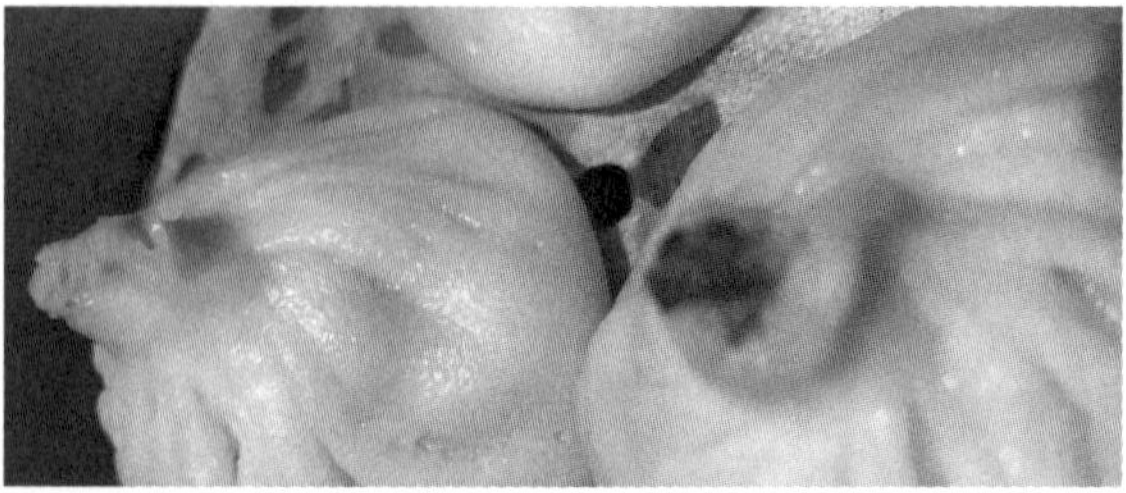

いろんな具の中華まん

そして私はいつも殿方たちの気持ちを思うのです。

　私は父の超しょっぱい、大学時代の友だちののりちゃんをして「まほこちゃん、これは味噌漬け！」と言わしめたお味噌汁で育っているので、自分で作る味噌汁への変化はむしろ嬉しくていやでもなんでもないのですが（なにせ作るのは自分だから）、お母さんが毎日自分のために作ってくれた栄養満点のお味噌汁、幼い頃から慣れた味からの、見知らぬ若い女が作る全くさじ加減が合わないお味噌汁へ移行して、これから一生かけてそれに慣れていかなくてはいけないと思うときの、絶望感。想像するだにぞっとします。

　胃袋をつかむと成功というのは、実はそういう意味だと思うんですよね。

　それを乗り越えて「いや、これは俺の女だからいいんだ、俺と俺のガキのためだけの味噌汁なんだから！　とりあえず母ちゃんの味噌汁は父ちゃんや弟たちにもかかってたから。でもこれは俺用だからとにかくいったんしっかり受け入れよう。味噌汁くらいなんだ、めそめそするな、俺よ」と成長するまでの鷹揚さ、優しさ。

　時代は変わっても、たとえが味噌汁じゃなくても、それが男だよなと。

つやつやのフルーツトマト。高知の

◎どくだみちゃん
DAIGO

自分の人生における最高のレストランをいくつかあげるという番組を観たとき。

彼は全部SKZ（だったかな、とにかくDAI語における下北沢のことです　笑）のお店をあげていた。

それは必ずしも今現在、地元がそこである私と一致してはいなかったけれど、みんないいお店ばかりだった。

彼ならどこにでも、どんな遠くの高いお店にも行けるはずなのに、長くやっていて庶民的で心がこもったお店が多かった。

唯一焼肉屋さんだけは淡島通りのちょっと高級なお店だったけれど、そこもとても気さくなご主人がやっているので、理解できる。

やっぱりね、思い出がたくさんあるから、家族で行ったり、子どもの頃からの歴史があるから。

と彼は言っていた。

そして奥さまと味覚が一致していて、彼女のカレーは宇宙一だと。

もしかしたらおふたりとも芸能人である結婚生活にはたいへんなこともあるのかもしれない。

不満を言うのは簡単だし、うそをついていいことばかり言うことだってもちろんできる。でも彼は自然に自分の人生を受け止めていた。

なんて育ちがいい人だろうと思った。

ほんとうに育ちがいいって、こういうことなんだなって。

二度と食べられない昭和の味。もうすぐ消えてしまう一代限りの味。

グルメとかそういうものではない。毎日重ねる食というものは、思い出とあまりにも密接に結びついているものなんだと、人は年を重ねるごとに知る。

名店がいくつもなくなってしまい、それゆえに新しく行くようになった名店もあり、私のＳＫＺの歴史も変わって行く。

赤ちゃんがいたとき、幼児がいたとき、少年といるとき、青年といるだろうとき、家から彼がいなくなるだろうとき。それをいっしょに見守ってきた夫と私の気持ち。全てがその歴史と共にある。

私が「店」というものにつきない興味と愛情を持っているのは、そういうことなんだろう。

ビルの一室にあり、漠然とあちこちが金色で、雇われ料理人（ただし腕は一流）がいて、漆塗りのお盆が目の前に置かれて、間接照明で、なんとなく懐石料理で、だいたい二万円くらいかかるお店は、私にとっては「だいたいどこも同じ」という点において、ファストフードとあまり変わらない。

中にはそのフォーマットでほんものな店もあり、そういうところにはもちろんなにかあれば行くのだけれど、その数はとても少ない。

だったら歴史のある人生を送りたい。

味のある毎日を生きたい。

その歳にしかできないことを順当にやっていくのが幸せだと、DAIGOさんの人生が教えてくれている。

彼を愛して応援してきた家族が支えてくれた幸せ。

決して高価ではないし、通りに面している普通の古びた小さなステーキ屋さん。おじいちゃんとおばあちゃんがていねいに肉を出してくれるあのお店で、売れなかった頃のDAIGOさんが家族に応援されて作戦会議をしていたと思うと、切なくなる。

白髪が増えた、ミニスカートがはけない、体の線が意味なくだらしない〜

などと思ってしょげているよりも、

突然にマダム的なおしゃれの道が目の前にどーんと現れた！

ああ、人生ってそのときの果実はそのとき

しか味わえないのだなあ。だからむしゃむしゃ食べておいたほうがいいんだ、と思う方が、きっと楽だし楽しいと思う。

そのとき歩いている道の、道端にあるブルーベリーを摘んで、おいしいと思いながら歩いて行く先には人生の終わりがあって……。いろんないい道を歩いたな。陽ざしがかんかんで泣きながら歩いたことも、なにも生ってなくておなかぺこぺこで、道を戻ればりんごがある場所を知っている、でも戻らず前に進もう！　未知を選ぼう！　と決心したこともたくさんあった。

振り返ってきれいな道の思い出がたくさん浮かんできたらいい。

ただそれだけなんだと思う。

ガンダム!

◎ふしばな

自分をいちばんにさえしなければ、その勇気さえあれば

これはもうほんとうに不思議でしかたがないことなのだ。

もちろん私だってふられたことはめちゃくちゃたくさんある。

なにをしようが好かれなかった経験なんて山盛りだ（でも自慢じゃないけど、みんな後から一度は『後になって君のほんとうの優しさがわかった、いっしょになればよかった』と言ってくる。まあ、男ってそういうものですけれどね）。

だからこそ「やるだけやってからふられようよ」と思うのだ。

これはあくまでたとえ話だから、私の周りの独身の人よどうか「それ私の話をしてる？」と思わないでください　笑。

それに、結婚しないほど、恋愛しないほど忙しい人生ってたくさんあるし、それは決して悪でもなんでもないから。

ただ、大勢の人に日々会っている私としては、「あなたのことを書いてるわけじゃないんですよ」、そう断らなくてはいけないくらいたくさんの人が、同じことをしているのである。同じこと、すなわち「わざわざうまくいかないようにしている」ようなことを。

あまりにも同じ話ばかり聞くので、私は求められなければもちろんもういちいちアドバイスしたりしない。そしてしたとて「今は〜だから」「そのとおりにできたらいいけど、あなたみたいに〜じゃないから」と言われて、

数日あるいは数ヶ月実行しないで寝かせてしまう。すると完全にタイミングが違ってしまうのである。今求められたアドバイスは「今」やってみないと意味がないことばかりなのだから。

結婚したいしたい、彼氏が欲しい欲しいといつも言っている大人の方たちは「できない」んじゃなくて「しない」んだなあと思う。

例えば、相手は自分に好意を持っているが、まださほど親しくはない。そしてインフルエンザからの肺炎で入院している。どうしたらいいと思う？　と聞かれるので（聞かれたからこそ、だ）、試しにこう言ってみる。

「お見舞いに行くほどの関係ではないかもしれないけど、絶対長居しないということにして、あなたの知っているその人の好きなもので軽い食べ物（プリンとか）をさっと届けに行くのはどう？　あるいはナースステーションに行ってそれとメッセージをいっしょにあずけたら、顔は見れなくても彼は嬉しいんじゃない？」

というのは、私にとって恋愛でもなんでもなくても、そのくらいは日々の行動の中で普通のことだからだ。こんなことだから渋谷陽一さんに「ばななさんに会ったら男はみんな『俺のこと好きなんだな』と思うと思いますよ！」と言われてしまうのだろう！

しかも私なんてたいていの場合、お見舞いに行こうとさえ思わなくて、ふつうに過ごしていてたまたまその人が入院している病院が経路にあることを思いついて、スーパーに寄ってふりかけかなんか買って、てきとうなカードもついでに買って車の中で書きながら寄る……たぶん、このくらいの気軽さなのがいいんだと思う。

好きな人だと意識して気軽になれないという気持ちは痛いほどわかる。でもあえてさらっと考えてみるのも大切だと思う。


しかし、前述の通り、相談してきた人はたいていこんなようなことを言う。

「今とても仕事が忙しくて、インフルエンザで休んだりは決してできないから、病院に行くわけにはいかない。なので携帯でメッセージだけしておきます」

己の心配が先。これじゃあ、人の心は決して動かないのである。

恋とはどうやって始まるのか？

弱っているときに見た彼女のにこにこ笑顔が、数日の時の中で熟成されて輝いてくる。もしかして俺に特別に向けられた顔なのか？そう思うと彼女のことしか考えられなくなる。彼女の一挙手一投足が気になる。何回ももらったメッセージを読み返す。元気になったらお礼を口実に会ってみようかと思う。そんな感じだろう。

理詰めでは決してこのぽわーんとした感じは出ないのである。

熟成感、発酵感、育っていく感じ。


ほんとうに好きな人だったら、万が一自分にインフルエンザをもらってもしゃあないからなあ、と数日分前倒しに仕事をしてでも行くだろう。

相手が点滴中で姿を見られたくなかったり、迷惑になりそうな状況だったら、単にナースに託すだろう。たとえそこまで行くことでウイルスをもらうかもしれなくても、人生そういうことってあるなと思うだろう。

行ってみてインフルエンザが移らなかったらラッキー！　と思って、前倒しにしていた仕事のおかげでその後の毎日が少し楽になってたりするだろう。

問題は「少しでも天秤にかけていること」なのだ。行って会えなかったら、もし迷惑だったら、その上インフルエンザになったら……自分が損だ、というふうに。己がつらくないよう、損をしないよう、考えているから空気が動かなくなってしまう。そしてなぜなのだろう、相手にはその「計算」がなぜか完全に伝わってしまうのである。

男性って、なんであんなブリブリのうそ泣きとか、変なアヒル口とか、ぐるんぐるんパーマの女のストパーとかにころっと騙されるのに、そこでは決して騙されないのだろう？と私はいつも不思議に思う。

行かない理由が「自分だったら弱っているとき来てほしくないから、行かない」という性格の人も中にはいる。そういう場合は、その地味な堂々とした思いやりの持ち味の良さも必ず相手に伝わるものなのである。

保身か、計算か、あるいは思いやりかの差が。

静かな男の人なら「心配だけれど来ないでくれる判断がいいから、かみさんにしたい」となるかもしれない。

それから、彼が遠距離に住んでいると。東

京関西九州外国、距離はなんでもいいから離れているると。好きあっているのだが、追いかけて移住ほどには固まっていなくて、まだつきあうにはあと一歩で至っておらず、このまま自然消滅するか、お互いに他に好きな人ができるのかなあ……などと立派な大人と言える年齢の女性が言っているとする。これは近年最も多かったケースだ。

私は言う。それならとにかく一回休暇を取って、一週間なり二週間なり、全部使って行ってみたら？　なにか変わるかもしれないよ。

たいていの結婚に至っている人は私が言わなくたってそんなことをとっくにやっている。

結婚には相手の情熱ももちろん必要だが、それを釣りのように一瞬の引きを逃さずタイミングよく引き上げている、自信と不安に満ちた本人の行動力が存在しているのである。

例えばかなりむちゃして親に会ったりもしているし、彼の妹や姉と遊んだり、遠くまで会いに行ってさっと帰ったり、ものすごい勢いでとにかく行動しているからこそ、結婚に至るのである。

でも、至ろうとしない人たちは、微妙に行かないんだなあ……今は仕事が忙しい、休みを取りにくい、そのうち休みを取りやすくなる来年くらいには……などなど。行こうかと言ってみたら彼が忙しいって言うからひとりで過ごすことになりそうだし……という言い訳もある。

そして決心した頃には、もう遅いのだ。

違うんだ、今しかないんだ。今行かなければ、だめなんだ。

人のアドバイスを聞いてるその時間が命取

りだというくらい、感情というのは生ものなのだ。

目の前にいただきもののいわしの刺身があって、「昨日鯖食べたから、一日おきますね。おばあちゃんが昔、お刺身は二日続けて食べるのはよくないと言っていたので」というのと同じようなことに、私には見える。

とにかく行かないのだ。行くほど、賭けてみるほど、愛してないという。彼がすごく来てほしそうではないから、違うのかも、と言う。

賭けてみてから愛してるかどうかなんてわかるのに。

逆に、賭けてみたら愛してないとわかるかもしれないのに。

長年つきあっている彼が結婚にふみきってくれない。

それなら道端でおいおい泣いて「私は女だもん！　タイムリミットがあるもん！　結婚したい！　子ども産みたい！」と地面にゴロゴロ転がってみたらいいのではないかと私は思う。時間がもったいないから。

前に友だちの超一流作家が、アシスタントさんが辞めたいと言ったとき「辞めないで～！　やだやだ～！」と泣きながら床を転げ回ってみたら残ってくれたと言っていたが、正しい気がする。

「やめろよ、重いよ！　恥ずかしいよ！」と言われたら、わかりました、とひとりでタクシーで帰ったらいい。

それで別れる人ならそこまでの人だもの。

何回もそれをしていつも「結婚はできないよ」と言われていた友だちがいたが、なんとそのケースでは彼に隠し奥さんがいたというし。いっそわかってよかったのでは。私はその結婚したくないという彼に毎回彼女が「私たち結婚するもんね〜！」と言っては「結婚はちょっと」と言われているのを見て、かわいいなあと思っていたものだ。

とにかくそれだけやれば、ふられようとも、少なくとも固定していた空気だけは動くと思う。

そんなとき相手はたいてい（そんなふうに隠し嫁でもいない限りは）「彼女と会うと楽しいな、深い情もある。いつか結婚してもいいと思っている。でもこのままが続くのがいちばん楽。それに結婚したい！　というほどではないんだよなあ。もし結婚の話を切り出されたらどうしよう、きっとこっちが言いだしてほしいって思っているんだろうな、気配でわかるもんな。それさえなかったら会いたいし楽しいのに！　ああ、めんどうくさい」と思っているもので、そう思わせたのは実は相手だけの責任ではなく、恋愛をぎゅっと楽しめるプレゼンをしてなかった自分の責任でもあり。

中途半端がいちばんよくないという恋愛の場面で、結婚というカードをちょっと出したり引っ込めたり、中途半端をくり返してしまったということでもあり。

結婚って、きれいなレストランとかプロポーズとか楽しいデートとかの対極にあるものだけれど、ふたり用にカスタマイズされた究極のリラックスを目指して作り上げていくものだから……。

実際の行動や会っている頻度＝その人を想っている時間

であれば、よほどのことがないかぎり、なにかは起きる。ふられるということかもしれないが、起きる。

問題は、

実際の行動や会っている時間＜その人を想っている時間

である場合で、これはなぜか相手に必ず伝わり、重さを与える。

男の人だってやがてどうせ気づくのである。

完璧な雲の上の人、清らかな天使だと思っていた彼女だが、なんだうちの母ちゃんと同じ、人間の女なんだ！　と。

その気づいたときに、初期の天使像がほのかに残っているか否かはとてもだいじだと思う。

近所のおばさまからのバースデーケーキ

Q健康って？

◎今日のひとこと

タイトルは昔私が出した本[*32]からで、幻冬舎の石原さんがつけてくれました。

石原さんのネーミングセンスってすごいんですよ。「パイナップリン」も考えてくれたし。

この本には今は亡き友だちるなちゃんの手記が載っています。人が亡くなっていくまでにどんな心の過程を経ていくのか、読むのはとてもつらいけれど持ち前の明るさで元気よく書いてくれています。

「私が死ぬとき、『がんちゃん』もいっしょに死ぬんです」

光る葉

いつもそう言っていました。

病気に名前がつくまでは、ただの不調。いや、不調でさえないのかもしれない。

毎日一升くらい飲んでうっかり窓から落ちて骨折していたようなおじさんが、のちに酒を抜いてぴんぴんしていたりするので、ほんとうにわからないのです。

小林健先生[*33]がおっしゃる「病気なんてないんだ！」はある意味ほんとうだなって私はよく思うんです。その人のなにかしらの偏りが健康な考えや体のバランスを圧迫するとき、偏り症状が出てくる。それが病気と呼ばれるものなんだなって。

こだわりなく、いいなと思う方にふらふらと飛んでいける、そこでまた考えよう。空には星があるし、寝床があるし、よく休めばいい考えも出てくるだろう。そんなことが最強だと思うのです。

「晴れたら空に豆まいて[*34]」で夫と健先生が行ったトークショーの写真。ひとりの人の体を施術したときに起きていることに関してのふたりの意見が「今胸のほうから重いエネルギーが手に出ていきましたね」「はい、手に出すようにうながしました」みたいに、目に見えないことでしっかり一致していて、驚きました

◎どくだみちゃん なんとなくだめな恋愛だとわかるということ

昔むかし、若かりし頃、私がほんのしばらくの間つきあっていた彼との話。

私はすごい風邪をひいていた。

朝から頭が痛く、背中がぞくぞくした。


しかし彼がその日にいっしょに食べに行くはずのとんかつをすごく楽しみにしていたのを知っていた。キャンセルしたらものすごく悲しむだろうし、不機嫌になるだろうし、次の日程を決めるときにも空いてないとかいろいろ言いそうで実に面倒くさかった。

わざわざ電車に乗っていかなくてはならない場所にあるとんかつ屋さんで、予約までしていて、私も体調がよかったらそれはそれは楽しみにしただろうと思う。

でも私の心は「家で寝たい」だけだった。

とんかつも彼もものすごく大好きだったから、数時間くらいは耐えよう。

なんとか行ける気がする、と私は思っていた。


そして私は死にものぐるいで笑顔でとんかつを食べきり、その後軽く飲みにまで行って、具合が悪いのぐの字も言わずに駅で別れた。

帰宅したら熱が三十九度あり、すぐに寝た。

それから三日間も寝込んだ。ふつうに彼とメールなどしながら。

彼はきっと今もこのことを知らない。

こういうのってだめだな、なんだかいけないなと私は思った。

察してほしいというのではない。

もしかしたら調子が悪いんじゃない？　と聞いてほしかったわけでもない。

手をつないだときに「ちょっと熱いよ」と言ってほしかったのでもない。

ほんとうに違うのだ。

もはや隠すのが楽しかったくらいだ。

ただただだしんどかっただけなのだ。

「とんかつ、むり、帰ります！」

と言えない関係は、長続きしない、それだけのことを学んだ。

五十過ぎたら、体を長い年月稼働させていたがゆえのバグとしか言えないものがいっぱい出てきた。

足の骨がちょっと変形して。

成り行きを見守ってなくてはいけない変なほくろだとか、
疲れて水がたまるとできる変な足のふくらみとか、
どんどん増えていく痛痒いケロイドとか。

そういうのと、この体と別れるまでつきあっていかなくてはいけないような、途中でなんらかの形でそれらが治癒したらいいなという気持ちなんかもほのかに持ちながら。

微調整でごはんを減らしたり、より歩いたり、ストレスフルな仕事をしっかり断ったり。

つきあっていってもいい、でもできれば別れたい、こんな感じがいいのかもしれないなと思う。

もっと大きな気持ちの中の、希望の流れみたいなものに、ぴったり沿って。

顔を上げて、より口数は少なく。

体を大切にするということは、そんなことなのかもしれないと思う。

体といい恋愛をしていたら、きっと、どんな変な形になっても受け入れられる。

あっそう、そこが痛いのか、じゃ、この行動はもうやめようって言ってあげられる。

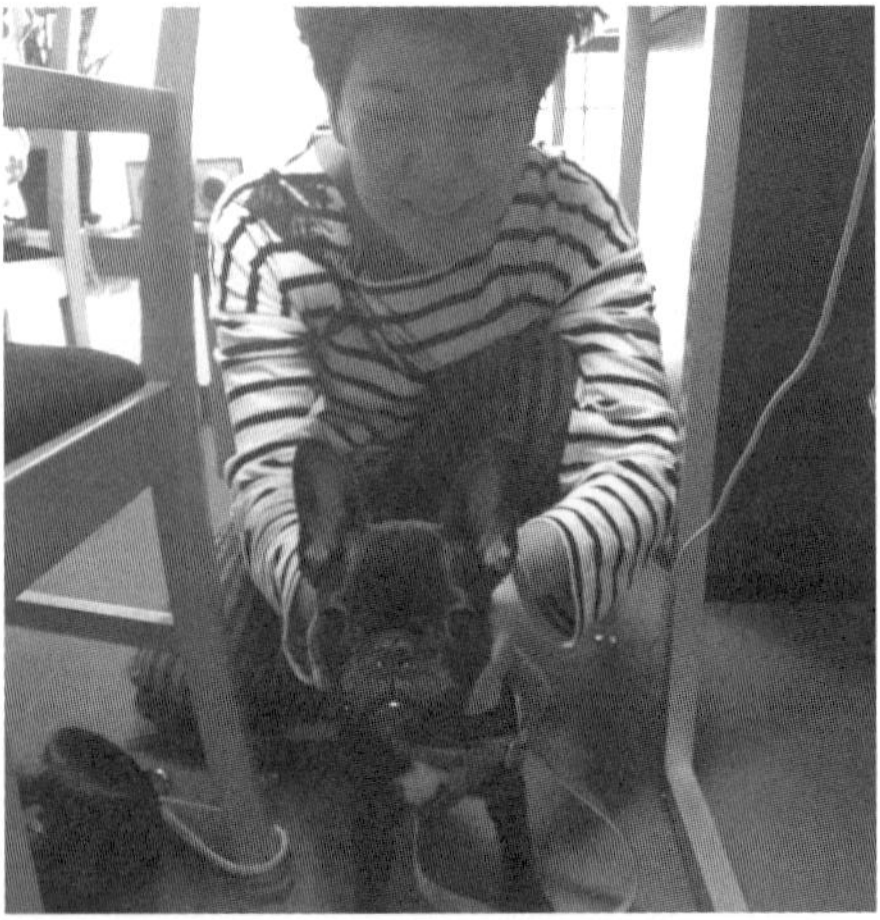

ちびっ子

◎ふしばな
外傷の女王

うちの姉が今、がんの闘病記を「小説幻冬」[*35]で書いていて、そのうち本[*36]になるとは思うのだが、身内ながらほんとうに面白い。姉は私のように非論理的な性格ではないので、思い込みや気合いではなにも判断しないのもすごいと思う。がんになってから人にもらった様々なサプリに関する考察なんて爆笑ものだった。

姉はとにかく体を動かすのが好きな山猿のような人生を歩んできているので、たくさん怪我をしてきた。

酔って自転車で転んで大腿骨骨折、手の甲骨折、ガラスをけ破り大出血、カツオノエボシに刺されて高熱、猫に嚙まれて手がふくれあがる、そんなのしょっちゅうで、乳がんの手術も全くためらいなくすっぱり切ったので医師に驚かれたほど。

そんな姉にとって乳がんの手術とか大腿骨に人工骨を入れるのは「外傷」だから大丈夫だというのだ。しかし大腸がんの手術は「内臓だから参った〜」と言っていた。それを聞いて「ふだん空気に触れないところですものね」と即座に言った天宮玲桜[*37]さんもすごかったが……。

私なんてケチだから体をちょっとでも切るのがいやで、面倒くさがりだから病院に行って仕事がたまるのがいやで、それだったらふだんから気をつけておこう……というケアの仕方でなんとなく消極的な健康のあり方だが

（でもこういう気が小さくて面倒くさがりな人の方が、スカッとはしなくても健康な感じがする）、姉の場合はもう少し本能&ケダモノ的な感じがするので、それぞれがそれぞれを見習うといいね、ということで話は収まるのだが。

たくさん読んできた本のおかげで、そして「せい」で、私は「体にはメスを入れない方がいい」にすごくこだわってしまうけれど、姉はシンプルに「外傷は外側の傷、猫のようにじっとしていれば治る」「その方が自分には合っている」「多少乳を残してじっくり治療していこうなんて私にゃあ向いてねえ」と割り切っている。その「己を知っている」感じが今、世の中に欠けているものかもしれないと思った。

私が思い切って体を切ったらきっとうじうじするのと、姉が「外傷だもん」と割り切ってざっくり大きめに乳を切って「傷がでかい」と喜んでいるのと、治りは全く違う気がする。

そういうところもまた、個人の治療法に大きく関わっているのではないだろうか？

私は家事も微調整でちびちびやるのが好きだが、どばっと汚してからピカピカにするのが好きな人もいる。性格の違いだ。そんなことと、治療の方針の合う合わないは重なっているのかもしれない。

私が体調や空気や生き方を変えたければ、ちびちびやりたいのをぐっとこらえて、どばっと汚してからピカピカにするようにすることに慣れると、もしかしたら病気とは限らないが、なにかが治る可能性もある。

「その人らしさ」と「その人らしさがもたらした害」はセットになっているから、害だけが際立ってしまったら、らしさのほうをなくせばいい。理屈の上では。

でも「その人らしさ」はその人の根幹にあるから、どうしてもはずしたがらないものなのに違いない。

そんなときに役立つのがもしかしたら「瞑想」なのではないだろうか、とうすうすだが確信している。

「その人らしさ」を残しつつ、イレギュラーにはずしていく方法を知っているのは、無意識の大海から来る直感だけだからだ。

姉の描いた姉のがん。とほほ……

美容院の窓

ありふれて

◎今日のひとこと

よなよなで少し書きましたが、おかしいなあ？　ある時期から、選択さえできていたら、私はホテルからホテルに旅暮らし、毎日その土地の安い居酒屋さんで軽くごはんを食べて、書きまくるノマド暮らしだってできたはずなんです。

掃除、洗濯の手間はなく、荷物も最小限で。

でもふと気づけば今、犬とへとへとになるまで遊んだり、めだかの卵を藻から外したり、干しエビの賞味期限を身をもって試したりしている毎日。

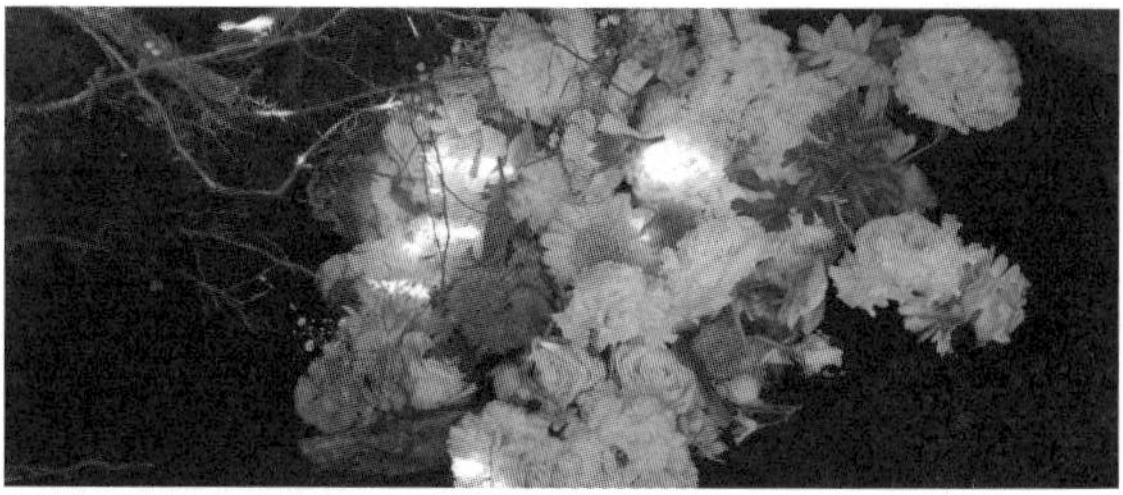

さよなら、ビーちゃん。十八年もいっしょに暮らしました

書くことだけは、どんな生活をしていても、同じなんですけれどね。

こっちのほうが好きなんですね。私はこっちをはっきりと選んだんですね。

ホテルで朝起きて、見知らぬ景色が窓の外に広がっているのを見ると、すごく新鮮な気持ちになります。

さあ、今日はどこへ行こうか、だれと会おうか。

基本、それと同じペースで生きていけるといいです。

現代社会で生活をするとなにかと、人間関係が多すぎると思います。

毎日会う人なんて三人か四人もいたら充分だし、たまに会える人とはたまに会うんだからすごく楽しく過ごせばいいし。

「たまに会えたら会おう」で三百六十五日ふんわりと回していくくらいが、そして基本はいつも同じような暮らしをしているほうが、幸せだと思います。

味わっても味わっても甘みが出てくるごはん粒みたいに、あっという間に終わってしまうのが人生なので。

月下美人

◎どくだみちゃん

君まで死んじゃうなんて

リビングのベッドの上でごろんと寝そべるのが好きだったビーちゃん。

最後は遊びざかりの子犬がうるさくて、もうリビングに来なくなっちゃった。

それだけが悔いです。


そんなふうにタイミングがすっとうまくいかないときって、なにか自分が嘘をついてきちゃったり、違うことをしちゃったときだったりするので、私の中になにかしら、ちょっとしたズレがあったんだろうと思う。

どのズレだったかは、ゆっくりと考えていく。

もう間違わないように。瞬間を生きることができるように。

さらに言うと、うまく行くことだけが人生じゃない。この悔いも含めてビーちゃんの思い出を抱いていくのが人の幸せなんだと思う。

リビングに来られなくなってしまったことを、最後の二週間で本気で返した。

本気であやまって、本気でいっしょにいた。

きっとわかってくれたとは思う。


先代の犬が死ぬ前の日、犬とビーちゃんは向き合って顔をくっつけていた。

まるでなにかを話し合うように。

「お前、どうしちゃったんだよ」

「オレ、なんだかわからないけどもうダメみたいなんだよ。だからお前がここんちのことをがんばってくれよ、頼むよ」

「いやいや、オレももう高齢でかなり限界なんだよ」

と言い合ってるみたいに。

犬が死んだら、ビーちゃんは食が細くなって、いつも窓辺のだれもじゃましないところで一日中寝ているようになった。

いつも卵を割ると飛んできたのに、顔もあげなくなった。

悲しくて卵を何個も割ってみた。


十八年いっしょに生きた猫っていうのはもう家族以上の存在で、息をしていてくれるだけでいい、もうこの際死体でもいいから、視界の中にいてほしいと思った。

昼間はずっと私だけしか家にいないから、けんかしたり、いっしょに寝たり。

二回の引越し、出産、親の死、友だちの死、ずっといっしょにいてくれた。

金色の毛のかたまり。

世界一大切な猫。

ただいてくれるだけでよかったのに。


猫を殺したとか、動物を大切にしない人だという理由で、大切だった知人ふたりとしっかり仲違いした。

そのうちひとりなんてその後亡くなってしまった。

でも私はますます悔いはないと思っている。

猫を殺す人なんて嫌だ。どんな理由があろうと。

世界でいちばん大切な家族になりうる命なんだから。

世界中を旅するより、十八年ひとつの命と

暮らせたことを、私はほんとうに幸せだと思う。かわりばえのしない毎日。

　朝起きて、おねだりされて卵をちょっとあげて。白身は自分や犬に煮て。

　いっしょに寝転んで、テレビを見て、出かけて、帰ってきたら玄関に迎えに来てくれて、ごはんをあげて、いっしょに寝て。

　それだけのことが宇宙一すばらしいこと。生きるっていうこと。


　ついこの間まで、黒くて大きな犬が金色の猫を追いかけ、シャーとなって、止めに入って。

　ごはんを食べているとその両方が上から横から襲ってきてなかなか食べられず、苦しいほどだったのに。

　しかもその環境の中で死んだ友だちに電話までしてたっけね　笑。

　もうだれもいない。

　いつのまに急に違う時間の中に入っちゃって、とまどっている。


　悔いのない別れが決してないように、悔いのない生活なんてない。

　でもミリ単位でそこに近づけていくんだ。力を抜いて、風のように軽く。


　十八年もいっしょにいてくれるなんて、ほんとうにありがたい。

　ありがたいとしか言いようがない。

　世話をした？　いやいや、いっしょにいてもらったのはこちらだ。

　いつでも出ていけるしなやかな体を持っていたのに、いっしょに暮らすことを選んでもらったのはこちらなんだ。
そこを間違えないように生きていきたい。

ビーちゃん

◎ふしばな
自然と不自然

このことはすでに書いたけれど、メダカってほんとうにアホで、卵も赤ちゃんも見つけるとすぐにパクッと食べてしまう。

神「自然界ではメダカが増えすぎてしまうのでそれでいいのじゃ」

そりゃそうだよ、でも、それはスペースがあってこその話で、うちの甕程度ではもう全くもって地獄絵図というか、赤ちゃんが成長しようがない。

そこで、別の水槽を作って、発見した赤ちゃんを隔離し、水草からこつこつと卵を外して、そこに入れておく。びっくりするほどたくさんの子メダカがすいすい泳ぎ始める。

神「自然界ではだれも水草から卵を外してくれたりしない。生き延びる個体こそが生きるべき個体なのじゃ」

それもそう。でも、この狭さがそもそも不自然なので、そうでもしないと一匹も増えない。それはもう実験済みで、減る一方。だから手を加えてでも生きてほしい。手を加えなかったらなくなる命の手助けをしたい。飢餓や不衛生に苦しむ人たちにワクチンや消毒薬や食事を分けてあげるのと同じような気持ちで、この世のそういう不自然は人間というものの成り立ちに深く関わっている。

自然の中で生き残った個体だけがつがって子孫を作れば良い、その中でも完璧に強い子どもだけが残っていくと良い。そんな考えでは今頃地球は滅亡しているだろうと思う。

朝日の中で寝ぼけ眼のすっぴんで水草からぬめぬめする卵を一粒一粒外している自分……面倒くさくて、「こんなことをしたい人生だったかなあ？」とたびたび思うのだが、子メダカが育っていくのを見ていると無条件で「よし！」と思う。

もうひとつの作業。

卵から孵《かえ》ったばかりの赤ちゃんを、タニシや親メダカたちが狙って追いかける。それをすかさずすくい上げて、となりの水槽に移す。すごい達成感。文学賞以上のやり遂げ感！

命は、生まれたばかりのときから生存のために戦っている。そうしてたまたま生き延びたとしても、メダカ生にはたくさんの困難が待っている。それを見るとのうのうとしてはおられないと身が引きしまる。

パンツ丸出しでそうして身を引きしめたり、「よし！」とひとり大声で言っている、そんな怪しい中年を横目に見ながら通勤していくライスプレスのかっこいい稲田くん……！

すみません……！

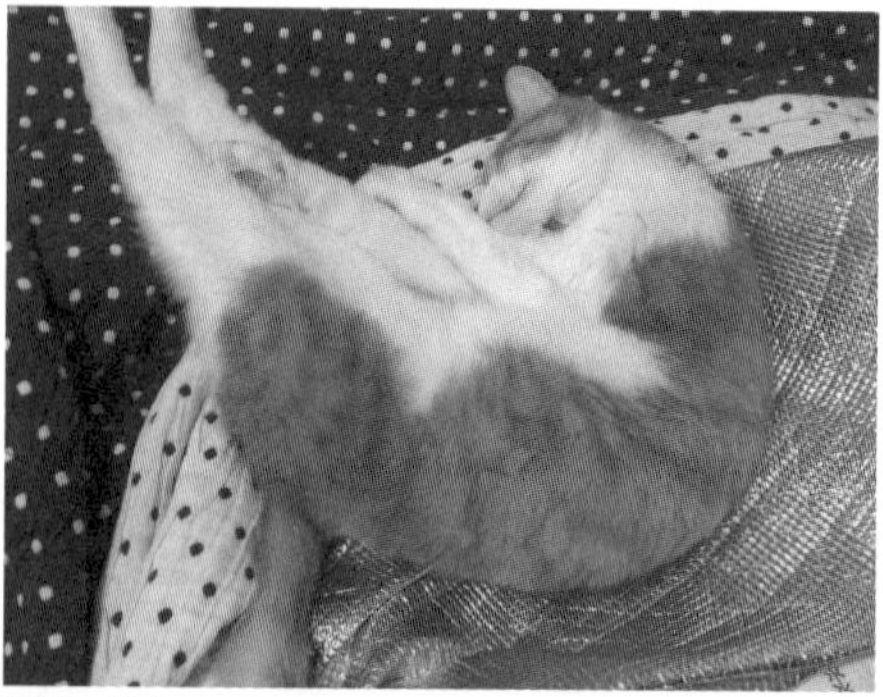
楽しかった日々

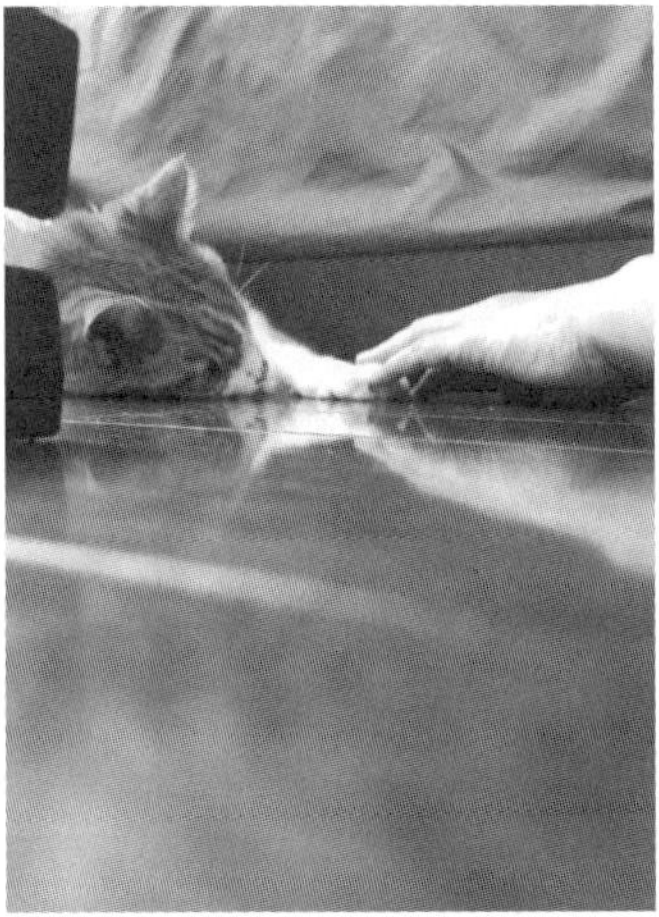

さようなら、ビーちゃん。ありがとう

仲良しだったふたり

ごはん作るのといっしょ

◎今日のひとこと

毎日食べるごはんというのは、あまりごちそうではなく、わりとどうでもいいというかてきとうなほうがいいと思っているけれど、きゅっと締めなくてはいけないところは確実に数カ所だけしっかりあるように思います。

ゆがいた青菜の絞り方とか、ごはんを炊く水の量だとか、肉を焼くときにジュッというくらいまでフライパンを熱するとか、そういう肝の部分が必ずあるのです。

そこさえ締めておけば、あと（煮崩れとか素材の切り方とか）はてきとうでよかったり。

子犬のひたむきな眠り

私は料理がほんとうに下手なんだけれど料理の本はものすごく好きで、どういう人がどういう料理を作るかというのがもうほとんど履歴書みたいに思えて、人間というものへの飽くなき興味からまるで小説を読むように料理の本を読んでいます。

それぞれの人がその料理人生の中で何をだいじにしているのか、とてもよくわかるからです。

それは人生の中でだいじにしているものとほとんどイコールなのです。

よく、「引き寄せるとかポジティブとかいうけれど、まんべんなくやっていると疲れてしまうし、なにがなんだかわからなくなってわくわくなんてできやしない、どうすりゃいいんだ」という質問をいただくのですが、これの答えは上記のものなのではないかと思います。

ものごとには「タイミング」とか「肝」と呼ばれる部分があるように思います。

今の私は、どんなに死んだ猫にお刺身をあげたくても、あげられません。生きている最後の時期、どんなに忙しくて眠くても、都度お刺身を買いにスーパーに走ってよかったのです。

それがタイミング。

お刺身は翌日まで取っておけません。買ってきてすぐにあげて、むしゃむしゃ食べているのを見て、「こんなことがずっと続いたら倒れちまう」なんて先々のことを考えたりしないで、今できることを今するしかない。

肝。

生きている猫にしか刺身はあげられません。そしてそう遠くなく死ぬのがわかっていたら、どんなに疲れていようと今走って買ってきてあげるしかないのです。自然にそうしたくなるのです。

このふたつさえしっかり見ておけば。

料理で低温のうちに肉を焼き始めないほうがいいように。ごはんを炊くときに水の量をめんどうだからよく見ないで入れてしまわず、ここだ！　という絶妙な水加減でぴしっと締めるように。

人生にもそういうポイントがあることがわかってきます。

ポイントだけをやたらに押さえている人のことを「要領がいい」と言うわけですね。

うちの姉はプロと言っても過言ではないくらい料理がうまいのですが、大腸がんになっていたとき、姉の料理に対する情熱がすうっと冷めていったのがわかり、泣きたい気持ちになりました。

同じテーブルについている人たちにとってその量が足りないということを目配りできなくなっていったのです。

これまではみなが苦しむほど、人を喜ばせたくて多めに作っていた人なのに！

回復するにつれて、また量を作るようになってきたこと。

それがどれほど嬉しかったか！

決して私が食いしん坊だからではありません！

姉と子犬

◎どくだみちゃん
神様がやってくる

うちの父のときもそうだった。

母のことは前日にはわからなかったけれど、最後に会ったときはそんな感じだった。

親友たちはそうだった。

原マスミさんのお母さんのときもそうだった。

犬のときも、猫のときもそうだった。

亡くなる前日から前々日に、なにかとてもきれいで清らかで大きなものがその生き物のところにやってくる。

静かで、光に満ちていて、光と風がいっぱいな感じのもの。

その存在がやってきてしまったら、こちらはもうあきらめるしかない。

お渡しします、でもほんとうはまだ別れたくないんです、と涙を流す。

そういう時間はまるで青空に光る雲と雲をふちどる光を見ているように、とても痛くてでも幸せなものだ。

これまでいっしょにいた時間の全てを祝福するみたいな。


あちらの世界がそんな空気のところなら、いいと思う。

あの時間に抱かれるのが去るということなら。


ちなみにいわゆる死神というのは、もう少し前にやってくる。

ああ、ついに来てしまったのか、と目の前が暗くなるときにだ。


清らかな存在が訪問する時間が終わると、普通の苦しみが彼らの肉体には訪れる。

体を離れる痛み、苦しみ。

しかし実はもう彼らの魂はとっくに体を離れていて、体の死を愛する人たちといっしょに見守っている。だからもうあまり闘ってはいない。


こんな美しいことを考えたのが神様なら、地球なら、宇宙なら。

私はそれを信じられると感じている。

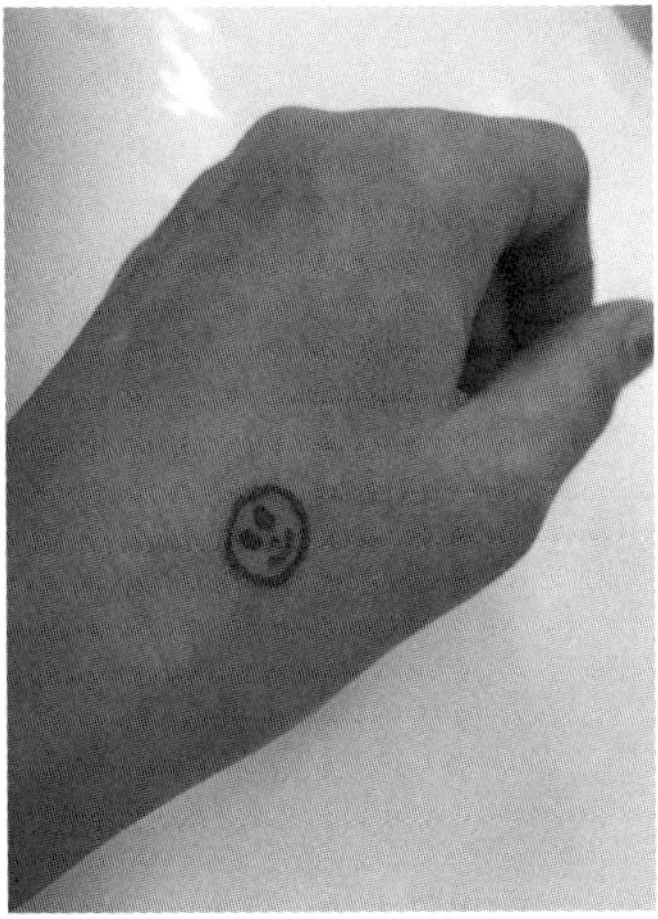

息子の手

◎ふしばな
現代って

基本、現代の人々の手元にはスマホがあるという前提で考えると、私も三十分に一回くらいチェックをしている立派な中毒者だし（前にそれで店を追い出されてたし　笑）、電車になんて乗ろうものなら、アプリをすみずみまで見てはやれることをみんなやってしまうくらいだから、その流れの中にあることとしか接しないという状況が生じるのは簡単にわかる。

ひとつのSNSサービスにログインしてしまったら、それで充分時間がつぶれるから、それで満足するということになる。

私もヒカキンさんがでっかいアルミボールを作ったり、ごきぶりを追い回したり、卵かけご飯を作ったり、猫を飼ったりしているのを嬉々として観ているので、手元で面白いものが展開してくれる楽さと手軽さ（作る方はすごくたいへんだろうけれど）はすばらしいと思う。

それらは、一冊の本を「読むぞ〜！」というときほどの至福をくれるわけではない。でも、毎日をちゃんと埋めてくれる。

もしかしたら前は「ど〜でもいい本」を読んでいた時間かもしれない時間を。

わざわざ書店に行って本を買うなんていうことは、もはや「趣味」と読んでいいジャンルに入る行動で（もちろん私はその趣味を持ち続けている）、今の書店は昭和の書店とは役割が違う。

私は書店でバイトしていて、レジを打っていた。

仕入れも手伝っていた。

だからなんとなくわかるのだ。当時は書籍から人々は全ての知識を得ていた。

今は「書籍は趣味」「情報はネットで」だ。

時代が変わるところを見ることができて、嬉しかったなあと思う。

それぞれのSNSにはそれぞれのヘビーユーザーがいる。

私は読む人をほんとうに選ぶものはnote[*38]で、軽い日記はアメブロで、店に関してはLINEブログで、告知と交流[*39]はTwitterで、変な写真が撮れたときだけInstagramで、という感じに分けているけれど、これらをひととおりやるとけっこうな時間がかかる。

それは昔「わりとど〜でもいい、私に依頼しなくちゃというわけではない原稿」を書いていた時間や「わりとど〜でもいい、私でなくてもいい取材」を受けていた時間かもしれないと思うので、むしろやりがいがあると言える。

たぶん道を歩いていても一生会えない村上春樹さん、もしかしたら吉祥寺を歩いていたら会えるかもしれない山田詠美さん、たぶん新宿に行けば会えるんじゃないかなと思う村上龍さん。この人たちは私の憧れの人たちで、でもとってても遠いから、私はもうちょっと気楽にストリートにいようと思った。あ、でも山田さんはすごい確率でストリートにいるけど！　かっこよすぎて声をかけることができないだけか！

まあ、これはもはや事務所を背負っていないからできることなんだと思う（ローンはずっしり背負っています）。

そしてSNSが今後どうなっていくかわからないけれど（連携もしくは淘汰）、今のところ私は「分けながら」それぞれの良さと悪さをかっぴーのSNSポリス[*40]のように見て回っているところだ。

どんな変化が来るか、楽しみに待っている。

私の予想は「PCはだんだん全てスマホの世界に集約されていく」だ。

関係ないが、私の年代の、同じように激務を生きてきて病に倒れた人たちが「なぜ吉本さんは倒れないのだ？」と聞いてくることが多くなってきた。

前にも書いたが、私は「ひとりで居酒屋に行けるからだ」と思う。

区役所にも居酒屋にもジュース屋にも行く。秘書のいっちゃんがいなくても（だからこそいてくれるときがうんと楽しいのだ）行動できる。

昔私はそうではなかった。もう忙しすぎて発狂寸前で、いつもナタデヒロココちゃんが私と手をつないでくれていた。泣いているときは泊まりに来てくれた。一生感謝を忘れない。

でもそういう状況になってしまうと、相手に負担がかかりすぎて、何か大切なものが失われてしまう。

一度だけお会いしたとき村上春樹さんが、
「ハワイにいるときはよくあそこのパンケーキ屋に行くんだ、ひとりで長い時間いると、ウェイトレスさんたちが年配だしなかなか渋くて楽しいんだよ」と今はもうないオアフの古いカフェのことを楽しそうにおっしゃっていた。そう、もしかしたら日本にいるときの村上さんにはそれがなかなかむつかしいかもしれないけれど、そんなふうにひとりでふらりと歩く自由を持っていること。

淋しかったりキツいときはあったとしても、それが、健康な世界なんだなと思う。

ビニールハウスの屋根のつらなり

服とおしゃれ

◎今日のひとこと

おしゃれになりたいけれど、なにから始めていいのかわからないから！　という人の気持ち、よくわかるのです。

あの、自分もわからなかったからって、わ*41からない男子のために本まで書いちゃった元オタクの人の思考過程なんて、ほんとうによくわかります。

だってわからない段階の人にはほんとうにどこから手をつけていいのか、「自分がイケてない」ということ以外一切わからないのですから。

私なんて高校生くらいまで、夏服と冬服が

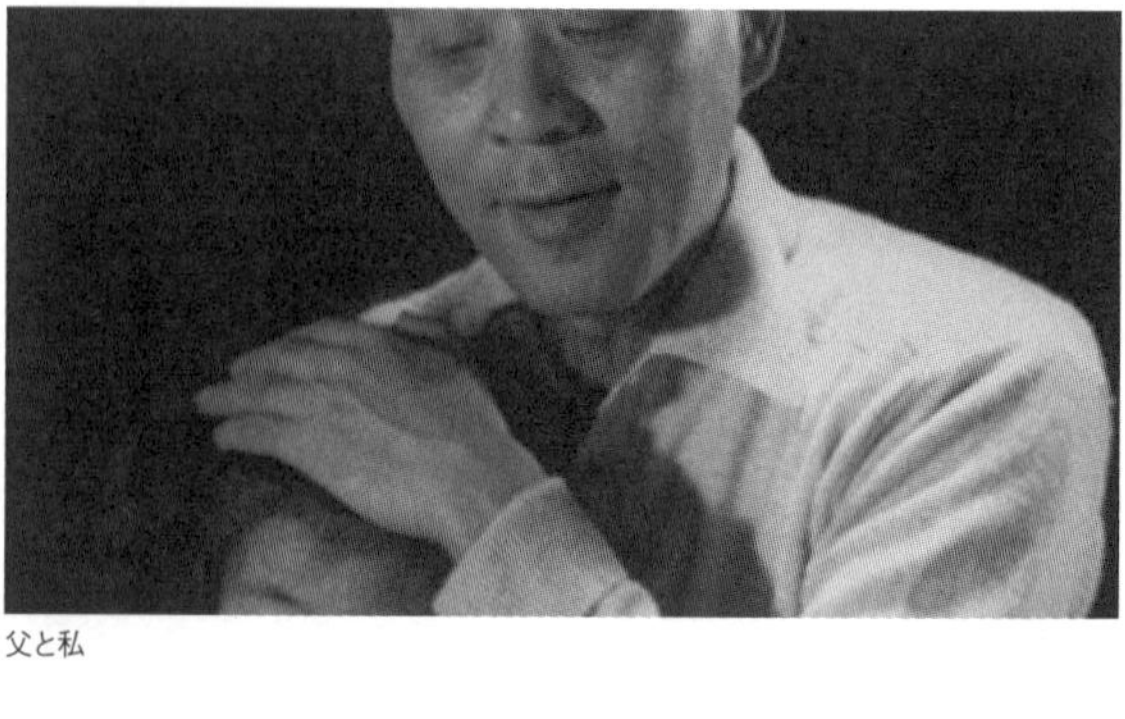

父と私

なんでこの世にあるのか、意味がわからなかったくらい猿だったたし、素材が違うなんてことはもっと考えてなかったのです。

じゃ春と秋は何を着ればいいの？　薄い素材のスカートは冬にはいちゃなんでいけないの？　ジャージで行っちゃいけないのは山手線のどこまでなの（正解は『山手線に乗っちゃダメ！』です）？　とか、本気で思ってました。今もちょっと思ってます。

なにせ親友は真冬にはだしでタオル地の超短パンとTシャツの上に袢纏《はんてん》を着て、普通に不忍通りを歩いていて、その親友といっしょにカフェに入ったりしてましたからね〜。

それを見て「それはおかしいだろう」とも思わなかった私。

父に「おしゃれなコートを買って」と言ったら、アメ横で軍のカーキ色のコートを買ってきましたからね〜！

でもね、ほんとうにかっこよくてスタイルのいい人は、たとえそんな服装だったとしてもなぜかかっこいいんですよね。

要するに全ては本体。

でもそれを言っちゃおしまいだからこそ！　おしゃれはあるのだし……。

なによりも、自分が楽しんで、どういう自分を打ち出したいかをいちばんよく語ってくれるのは服とかそのまわりのセンスだから。

そこを楽しみましょう！　と思います。

夏に分厚い生地の服を着たら、自分が楽しくないし。

合わせが楽だからと言って（好きだからという理由ではなくて）黒ばっかり着ていたら

つまらないし。

私は服に関してシルエットゆるめが好きでかなりの自然派ですが、今年に入ってから急に自然派の服が全く似合わなくなり（髪型のせいではない）、そういう年齢だと思う（その人たちを悪く思っているのではなく、自然派の服を着ると、なんとなくのイメージですが、加藤登紀子さんや杉田二郎さん……もちろんご本人たちは超おしゃれ……のコンサートのお客さんっぽくなるというか。お客さんたちも常に超おしゃれなのだが、私の方向性とはどうにも違う）のですが、そう思いながらコムデギャルソンに行って、前だったら私が買いそうな自然的な服を手に取っていたら、担当の佐々木さんが「それはなんか違うと思うな」と言ってくれて、別の服を持ってきてくれて、試着したら断然そのほうが今の私に似合っていたのです。

値札を見たら前者のほうが後者よりも高くって、ああ、この人はほんとうにお金ではなくて見ているんだなと感心してしまいました。

前に同じ職業の人の「お客さまの顔がお金に見えるから、より高いものをたくさん勧める」という話を聞いてげんなりしていただけに、そのできごとは私の気持ちを「選んでくれる人がいるんだから、まじめにおしゃれしよう」というところまで高めてくれた気がするのです。

おばあちゃんになっても、太っても、若者の服が似合わなくなっても。

自分がどういう人間で、なにを打ち出しているかははっきりしていたほうがいい。

そしてそれが年齢や季節でどんどん変化してもいいのです。

若き日の私は、どこになにを着ていっていいかわからなかったし、できればこの世のどの場所にも行ける制服がほしい、面倒だからと思っていたのです。

行く場所によっていろいろ変えるなんて面倒くさい！　と。

でも今はわかってきました。その日の天気、風のぐあい、自分の気分。

レストランに行くのか、カフェなのか、居酒屋なのか。

その全てが重なって今日の服を選ぶのは、TPOがどうということだけではなくて、今日しかないことであって、人生を味わうためのなによりも幸せなことのひとつなんだって。

すっごく変な髪型！

◎どくだみちゃん

欲望

横には生まれたての人間の赤ちゃん。

外は真冬の駒沢通り。

そして私は出産時に股をねんざして、松葉杖がないと三ヶ月は歩けないことが確定していた。


部屋は二階だった。

うらぶれた和室で、赤ちゃんとふたり寝るにはちょうどいいわびしさ。

前が開くダサいパジャマと、這うしかない自分と、とうふとか煮魚とか寒天など、乳のために色気が排除されたごはんと。

窓の外の街路樹はみんな葉を落としていて、コートを着た楽しそうな「私と違って歩ける」代官山の人たちが通っていく。

向かい側にちょうど焼き鳥屋が見えた。

いいなあ、焼き鳥屋！　今すぐ行きたいなあ！

ちょっとサンダルをつっかけて、さっと行きたいな。

こんなに近いのに、十五秒で行けるのに。

でも今はあらゆる意味でそれができない。

赤ちゃんといっしょに幽閉されてるようなものなのだ。


必ず行ってやる！

歩けるようになるのはきっと春。

赤ちゃんを連れてどこでも行ける感じになるのはきっと夏くらいか。

抱っこひもで赤ちゃんを連れて、袖のないワンピースを着て、ビーサンを履いて、かごバッグを持って、焼き鳥を食ってやる！

そのときにイメージしたギャルソンのワンピースとちょっと高級なアイランドスリッパ[*42]のビーチサンダルとエバゴス[*43]のかごバッグこそが、おしゃれをするということの原点だろうと思う。

ここにこれを着て行きたい！　という気持ちは、欲望の中でもかなり上のほうにある。

着飾りたいのではない、気分の問題なのだ。

あのときの、「行ってやる！」という気持ち。その欲。その強い輝き！

もし私がもう少し重篤な病であっても、あれがあったらきっと回復しただろうと思う。

欲は薬にもなる。

パジャマから洋服になるときが生活に復帰するのにとても大切なタイミングだと、元婦長さんから聞いたことがある。

そういうことなんだと思う。

そして私はちゃんとその欲と夢を実現させて、ごきげんでつくねを食べた。

やり遂げた感があったし、あの日の私も喜んだだろうと思った。

赤ちゃんはつくねから抽出されたであろう脂っこい乳を飲んでやっぱりごきげんになった。

よかったよかった。

欲は大切。自分を断ってしまう刃にもなるけれど、生き延びさせてもくれる。

友だちのホームパーティで。何てかわいい前菜

◎ふしばな
アメ横と言えば

父の御用達だった様々な謎の服屋があったアメ横の、有名な軍製品の店でかつて「絶対燃えないし、南極に行っても寒くない」というジャンパーを買ったことがあるのだが、ものすごく重かった。女の力だと片手で持ち上げられないほどだ。

実用性がすばらしいほど、着心地は最悪になる。あの大変さは、モード界における「着心地とおしゃれは絶対両立しない」という決まりと同じくらいなのではないかと思う。

モードに限りなく寄った服を着ている人は「ある種の近寄りがたさ」と「経済的な有利さ」を表現していると言えよう。

モデルの方たちは生きているだけで体がす

でに「他者よりも有利である」ことをまるで孔雀のように率直に表現しているので、ふだんの服装はデニムにTシャツだったりするが、それでも私は決して見逃さない。

先ほどは「体型が良い人はなにを着てもかっこいい」と書いたが、実は体型の良い人は「なんでも着たり」はしないのだった。

どんなにてきとうそうに見える服でも、ちゃんと丈やサイズが計算され尽くしているのだ。さすがプロ、といつも思う。

森星ちゃんなんて、もう、シマウマみたいにきれいだった。

うちの子どもが「美人を見たい」と撮影についてきたのだが、帰りには「どうせ僕のいる界隈にはあんなすごいスタイルの人は存在しないから、見ても虚しくなるだけだった」とまで言っていた。


自分を棚に上げて、電車の中でよく「この人に何を着せたら似合うかな」というのを考える。自分の好みを入れず、その人の雰囲気とか体型とか肌の色とかで考えるんだけれど、いかに人というものが己を知らないかを思い知る。自分もきっと同じなんだろうなと思う。

そして決定的な事実を悟る。

人がいちばん「あなた」を思い浮かべるとき、ふっと浮かんでくるイメージというのは、おしゃれしたときのものでは決してない。

ふだんの「ま、今日はこんなとこか」「そこにある服をとりあえず着ていこう、時間ないし」という二軍のおしゃれのときなのである。だから、そこにこそ力を入れないといけないんだと思うし、ここでちょっと意識を高めたら、周りから見たあなたのイメージも変わる。

この間、ヘルシンキの空港に降り立ったとき、うちの子どもの足元を見たらクロックスを履いていて度肝を抜かれた。最低気温マイナス十六度の世界なのに。靴を買ってやろうか？　と言ったら、大丈夫だと言って、それで通していた。

私なんてUGGのブーツの中に分厚いタイツを履いていても足の先が凍りそうだったのに！

これはこれですごい。無頓着を超えている。

女のおしゃれは「その日の気分を自己表現」するものだと思うのだが、男のおしゃれというのは外に向けて見せる「鎧」なんだなあといつもその違いに関して思います。

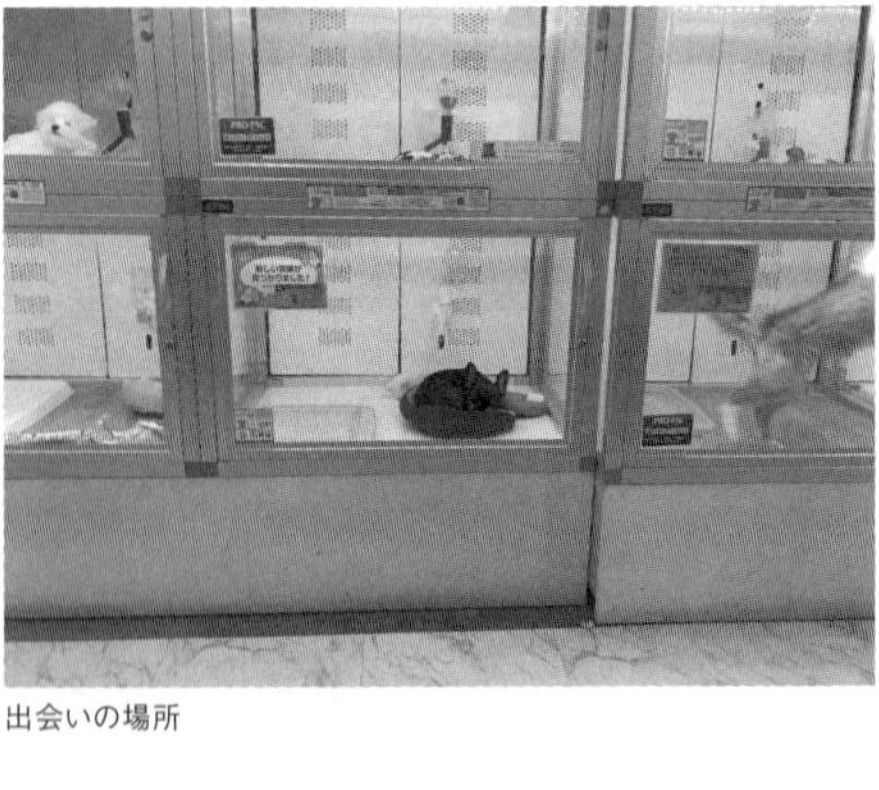

出会いの場所

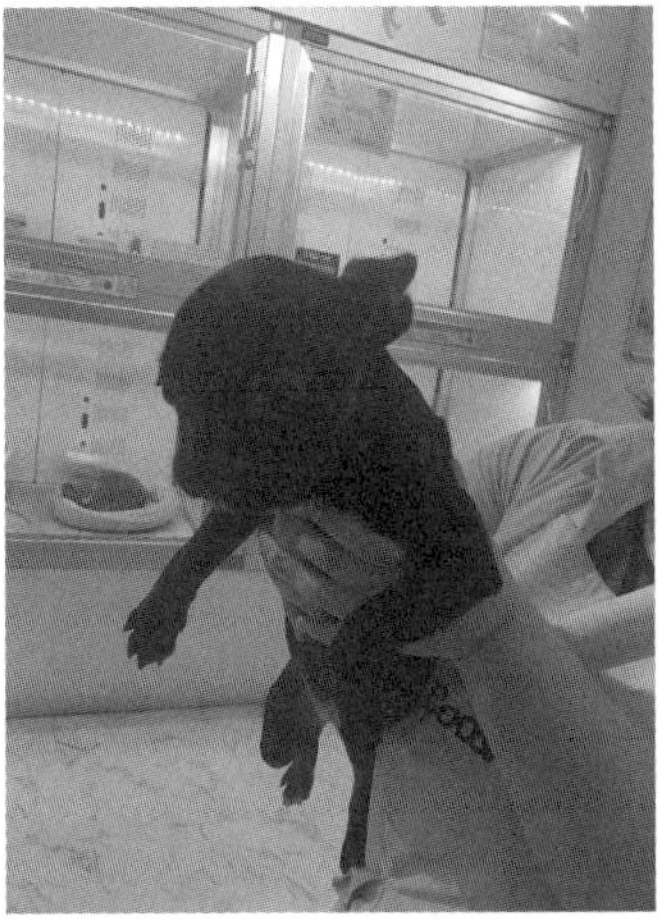

出会い

光の力

◎今日のひとこと

ちゃんと生きていると、としか言いようがないのですが、歳を取って体が弱ってくるとともに、別の強さ、言い換えると光のようなものがその人の身体に入ってきて、その人を支え始めるのだと確信しています。

ちゃんとバランスを取りながら、自分に過負荷をかけずにこつこつ生きてきたお年寄りのそばにいると、動きはゆっくりでも、たまに頭が混乱していても、ただわけもなく心強いのはそのせいだと思います。

そういう人は愛されているけれど、最後まで自立しています。

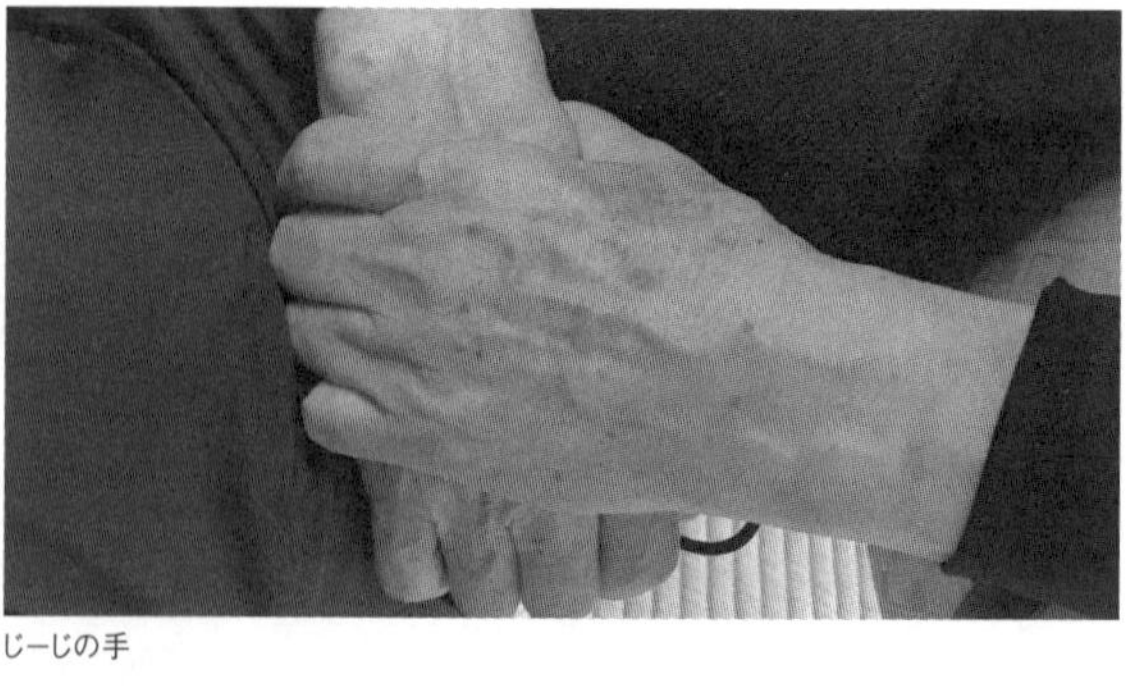

じーじの手

だんだん光は強くなり、身体の生々しさは薄くなり、すうっと去っていくのです。

生活習慣がむりなものだったり、体を酷使していたり、このまま歳をとっていくのはむりだよという状態になると、人はきちんと病気になります。

リセットのチャンスなんだけれど、運が悪いとあるいは気づくのが遅いと、あるいは気合だけでなんとかしようとすると、ちょうど花が水を吸い上げないように、なにをやっても回復しない身体になっています。その場合は命がなくなるかもしれません。

それもまた人生のひとつのありふれた側面なのです。

それから、自分を大切にしていなかったり、ぐちばっかりだったり、人にいやな思いをさせてきたり、人から取ってばかりいた人は、その支えの光が入ってこないのでかなり苦しい老後になります。

これらは信じるに足る、ものすごい法則だと思うのです。

歯をちゃんと磨いていたら、そして歯を大切にして睡眠や運動や食事をきちんとしていたら、ほんとうに虫歯にはならない。

それと全く同じことが、人の体の全体にあてはまるのだと思います。

いろんなことをやらなさすぎず、やりすぎず、ちょうどいい塩梅で自分を保ちながら、人を愛し愛されて手間を惜しまずにバランスを取っていくこと。それだけができることなのかもしれません。

さくらんぼ

◎どくだみちゃん

イフ

あの日。

当時つきあっていた幻冬舎の石原さんと手をつないで、池尻大橋のビジネスホテルに行った。そこには当時よくつるんでいたみなみちゃんとさねよしいさ子ちゃんがいて、ある人を紹介してくれた。

初めて会うすごく当たるという占い師さん。トランプを使ってなんでも観てくれるというそのきれいな女性の部屋にひとりずつ行って、占ってもらったあの日。

その女の人はもうすぐ四国からこっちに出てきて、私たちはすごく仲良くなったり、ときにはけんかしたりするよ、石原さんととっくに別れたあともまだ仲良くしていて（別れるとき悲しんでいたら彼女は『あなたはこれからまだ、たくさんの人に会うのよ、だからそんなに落ち込んじゃだめ！』と言ってくれた）、そして早くに亡くなる彼女の最後のときに私は深く関わって、生まれて初めて人が死ぬ瞬間を（動物なら小さいときから山ほど見てきたけど）見ることになるんだよと言われたら、

冗談じゃねえ、じゃあ好きにならない。

なんて思っただろうか？

答えはノーだ。

どんな目にあうとわかっていても、愚かでも、避けたら心に傷がつかないってわかっていても、仲良くなる。悔いなく過ごす。それが私の選んだ生き方だ。

「トランプのことだったら、なんか私わかるのよ」

そう言って、うちの息子の隠したカードを当てたりするところをやっぱり見たい。

あの部屋はもうすっかり片づけられて、消毒されて、形見もないし、思い出も消えた。

私の手元にあるたったひとつの形見は、アンビシャスカードというマジックのために、彼女がカードに書いたサイン。

スペードの9に彼女の名前。

それだけでいい。

「うちに女の人が泊まりにくるとお風呂とか気をつかうから、何日もだと居心地が悪くていやなんだ。だからこのところすごく気持ちが暗くて」

息子は言った。

お風呂が壊れた友だちを何日も泊めちゃっていた私が悪かったけど、愚痴も私がいたら言いにくいかな、と思ってトイレに立った。

トイレから出て手を洗っていたら、壁越しに彼女がうちの子に真剣に言っている様子が伝わってきた。

「ねえ、Mちゃん。あの家はね、Mちゃんの家でもあるんだよ。だからいやなことはいやだと堂々と言っていいんだよ」

四十以上歳下の人に、こんなに真剣に、相談のプロなのに無料で言ってくれるなんて。

私はその声を音楽のように聴いていた。

どんなつらい瞬間も、帳消しになるようなそんな魔法の瞬間を、私たちはたくさん持っていた。

カードにサイン

◎ふしばな

神様

このところたくさんの死骸を見た。

この言い方にかなり問題があるとは思うけれど、そうとしか言えない。

それでほんとうにわかったことがあった。

整えられた死骸は、ほんとうの死骸ではない。

それは接しやすくするために思いやりをもって整えられた愛の結晶みたいなもので、それはそれでとてもいいものなのだが、なんか違うのだ。

ほんものは、「あら〜、抜けちゃったな」というのだけが実感で、そして自分もいつかこうなるんだなあ、口なんか開けっ放しで、空っぽになって、「よく使い込んだよね」という体だけがそこに残って。

だから家族には整えてからゆっくり来てもらってもいいよ、くらいの気持ちになる。

自分がこうなるというのは、あの、きれいな状態で棺桶かなんかに入っている「ご遺体」を見ても、なかなか実感できない。

死にたてでないと、その、最後の息を吸ったままの奇妙な形態を見ないと、伝わりにくいのだ。

メダカがよく鉢からダイブして玄関のたたきで死んでいる。

鉢の中はなにも変わらない。他のメダカがこれまで通り泳いでいるだけ。

こういう死に方は人間にもある。自殺ということではなく、うっかりだ。

そして運がいいメダカはなんと小さい方の

鉢にたまたま落ちて、その中で小さいメダカを食べたりいじめたりしていばっていたりする。

これもまた人間にもありそうだ　笑。

神様って、今私がメダカの鉢を見ている程度の気持ちで見ているんだろうなあ。

この上ない愛を持ちながらも、勝手にダイブするときまでは見てらんないよ、いつもきわきわの縁を泳いでるのが悪いんだよ、わしには他にやることもあるし、というような。


そう思うと、今日自分が生きていることはまぎれもない奇跡だと思う。

だれかが目の前でイライラしてみんな死ねと思ってハンドルを切ったら、だれかが自分がたまたま乗っていた新幹線で刃物を振り回そうと思ったら、簡単に私なんて消えてしまう。

そして命に意地汚い私は、これだけ残したらもういいじゃんなんて絶対に思わないと思う。

もし殺されたら私はそいつを死刑なんて待たずに祟り殺すし、そして最後の最後の瞬間まで執着でいっぱいに、もう一回家族の手に触りたかったなあと思うだろう。万が一家族がだれかの手にかかったら、その相手はこの執念深い私に呪い殺されるし地獄より地獄を見るから大変だよなと、素直に思う。

これこそが人間味なので、卒業したいとは思わない。

その決心があると、生きることの気合が変わってくると思う。

その決心を持って生きていれば、きっと歳

を取ってからあの白い光が自分を助けに来てくれると思う。
　人を呪うなんて、執着がいっぱいあるなんて、バカだねと言いながら。

どくだみちゃん

会津の宿

引きこもり宣言その後

◎今日のひとこと

もちろん用事があればたまには出るけれど。もう、下北沢から近いところにしか行きたくない、行けない。

海外も年に二回が限界。まあ台湾に関しては、暮らしているのか？　くらいにひんぱんですけどね。

とにかくできるかぎり座ってなにかを書いていたいのです。

もう人生も後半戦、時間はあんまりないのだから。

昔、ひとり暮らしで犬を飼っていたのに、ただ券をもらって犬を置いて都内のホテルに

ふなっしーつけめん

泊まったりしていました。

うんと若い頃のことだったけれど、ごめんなさいと思います。

一日でも多くいっしょにいればよかったねと。

まあでも体験を増やすのが若さっていうものだから。

その時代はもう終わりました。


引きこもって本を読んで、ライブや観劇を減らして、
一日一回だけ仕事で外に出る宣言。

書いて書いて書きまくるモード。

SNSをやりまくっているのは、ど貧乏だからではなく（何回も言うが金持ちでもない）ローンを返したいからでもない。

書いたらすぐに届くから。

書きすぎてもうだれも本にできないくらいの量だから。

でも書きたい。

それに子どもがまだ家に住んでる時代が、もうカウントダウンに入っている家の主婦だから。

どうかご理解ください。

子どもが独立してまだ私が元気だったら、機会があればヨーロッパにはまた行くかもしれないです。


……って、くりかえしいろんな人に言ってみたけど、考えてみたら自分の人生なんだから、おかしいです。

誰に対して言ってるやら。

一部の仕事相手の人がわかってくれたら、ちゃんと小説の本は出るので、だれに嫌われ

てもいいのに。

人間っておかしいものです。

ここにいても、遠くても、こんなに愛しているのに、好きな感じの人たちを。

どうしても勝手に枠を作りたがる、心は。

会わないと証明できないのかも、なんてふと思ってしまうのです。


会えなくても相手を想っているのに、なんで会いに行かなくちゃいけないような気持ちになるんだろう?

自由じゃないなあ、自分がいちばん勝手に狭くしてるな、そう思うのです。


まるでプラスチックごみがボディーブローで地球を破滅させてるみたいに、気をつかうことが人間というものを壊していく(プリミさんの本のタイトルにもありましたが)、そんな気がします。


友だちが何十年も大きな神社で祝詞をあげていて、その祝詞を家で栽培している野菜に聴かせたらきっといい感じに育つんじゃないかと試してみたら、ほんとうに大きくおいしく育ったのです。

それで、市場ですごくよく売れるのです。

食べるほうの人はおいしさだけを基準に考えるから、背景は関係ない。

でも、近所からは祝詞がうるさいとか、いい野菜を安く売りすぎるとか苦情が来たりするんだそうです。

人間を縛るのは、人間だけ。

人間の未来や場の可能性を縛るのも、人間だけ。

なんてわずらわしいことでしょう。

でもそういうことを突破して顔を上げると急に理解者が現れたりして、それもまた人間の世界。

そう考えると、野菜のほうがよっぽどシンプルで正直で優しいではないですか。

フラ

◎どくだみちゃん
引き寄せたり引き寄せなかったり、どちらも幸せ

考えてみたら、スピリチュアルに興味があるそんなに多くはない人たちの少ないシェアを、スピリチュアル界のスターたちが分かち合い、相互に助けあっている形なんだからたいへんだなあ、とその世界をちょっとだけ垣間見てるといつも思う。

つまり「欲」に関わるものは全て、現世の利益を扱っているということ。

私は小説家だから、スピリチュアル界は全くの門外漢で、だからそのままの目で見ることができる。

全然否定しない。

他の業界だなあ、としみじみ思う。

実業家でもないし、きれいになりたいのでもなく、大金持ちになりたいわけでもない。

違う世界にいるからわかることってある。

私にとって大切なのは、人間の面白さ、細かいエピソードの色だけ。

そこに良し悪しはない。優劣もない。

そして人生は文句なくいいものだと思っている。

たとえ涙しても、苦しくても、悲しくても。

やっぱりいいものだと。

大きな目で見たら、みんなすばらしい遊びで……。

人生と、その大きな波とたわむれているだ

け。

波に飲まれて、ボードが頭にガスっと当たって、磯に流されて貝で足をざっくざくに切って、一週間以上お風呂に入れなくって、足あげてビニール袋で包んで蒸れてかゆくて……。

そんなことだって、もう起き上がれなくなる日になったら、面倒だけど楽しかったなと思うだろう。

痛み、息の苦しさ、恐怖、治癒の過程のもどかしさ……そんな全てが消え去って、

海の中で逆さになって見た、あの自分の息がぶくぶく泡になって見える感じとか。透明な信じられないくらいきれいな水の中から、見上げた空の色と言ったら！　ほんとうにすごかったなあ、と思うだろう。

すてき

◎ふしばな
慰める奴はもういない

「八十八まで生きると言っていたあの人があんな死に方で死んだ、なんであんなことになったんだ、どうしたらよかったんだ。そのことについてあの人に相談したい」

その気持ちで毎日張り裂けそうだった。

こんなときはいつも相談してきた人だった。

よく考えてみたら、自分は、人がなかなか体験しない、もしかしたら人生で一度もしなくてすむことをしたんだ、とだんだんわかってきた。

その頃、ミユちゃんの自伝と裏自伝を読んで、人ががむしゃらに生きることのすばらしさを感じた。そこに入っていた生きる勢いが、私をかなり温めた。

私の心は溶けない氷のように硬くなっていたのだ。

いちばん頼りにしていた人が目の前で死んでいった、その恐怖。

そんなときにいつも顔を埋めて涙を吸い取ってもらった犬と猫も死んだ。

このネタを何ヶ月も引きずってしつこいが、あんなことがいっぺんに起きたら何回書いても書き足りないからしかたないと思う。

親と仲良しの友だちが同じ年にいっぺんに死んだのよりずっとびっくりしたくらいだ。

子犬の勢いにすがるようにしてなんとか生きていたとき、
ふっと浮かんできたのが、YOSHIKIさんがTVで言っていたこと。

カウンセラーにかかったら、「わかりますよ」と言われているうちにだんだん腹が立ってきた、わかるわけないだろう！　って思ったので、カウンセリングをやめた。

というくだりだった。


そうだ、私は最愛の友だちを失ったんだった。若い頃にはほんとうに毎日のように会っていた人だった。子どもができて忙しくなってだんだん遠ざかってしまったけれど、何があってもお互いを好きだとわかりあっている人だった。

だれにもわかってたまるか！

そう思って、彼の言葉や音楽に触れていたら、悲しみの中を生きていくこと、不可能を可能にすることの大切さがよみがえってきた。

あの世界にしかない癒しを、熱狂的なファンの人たちは無意識に受け取ってきたんだな。

あちら側から　笑、こちらの世界に戻ってきたＴｏｓｈｌさんが「アイス総選挙」の司会をして、にこにこしてアイスのことをしゃべっているのを見たら（特に、パピコは分かち合えるからっていうのがツボだったね）、ちょっと泣きそうになった。こんなことってあるんだな、もう二度と戻ってこないかもしれないと思っていたのに。


生きるってたまにとんでもないことが起きることなんだ。

いいことばっかりっていうことはない。

しかし悪いことばっかりでもない。

色をつけるのは自分だけで、自分は自分でいるだけだ。

孤独はしかたない。人間だからついて回る。

でも心から互いを認め合う仲間がいれば、孤独はあっても苦しくないし、ひとり旅立つときも納得いくはず。

今も思い出すのは、三人で露天風呂に入って、おしゃべりしながら、死んだ彼女ともうひとりの友だちと風呂の天井の竹の中に蜂が巣を作って出たり入ったりしているのを眺めていたところとか。

「このふたりのことをだれが私の親友って呼んでも全く否定しないわよ」と言っていたことだったり。

照れ屋の彼女にしては、最大級の愛の告白だった。

いいことのほうが多い気がする。

被害を最小限にする考え方は好きだ。合理的だから。

ワクワクするのも大好きだ。

しかし「欲」は好きじゃない。欲ってなんとなく自分本位な感じがするから。

欲の匂いがするところからはこれからもダッシュで逃げ続けて、家で文章や小説を書いてきた。

そうしているうちに、心から行きたい道が決まってきた。

人を殺したり動物をいじめたりすることにワクワクする人を、引き寄せはどう捉えますか？　と聞かれて、
奥平亜美衣さんが「それはほんとうのワクワクじゃない」ってひと言だけ言ったのが、すごく好きだった。

衣装もすてき

真夏の踊り

人生を受け入れる

◎今日のひとこと

ブログがただで読めるのに有料メルマガを読むなんて……という人が意外に少なくて、ああ、自分のしていることが、読者にはちゃんと伝わっているんだと思いました。

ここでは言いたいことを思いっきり言ってしまうことにしているので、言ってしまいますと、昔から某ブログの広告ってデザインが超ダサいなと思って自分のサイトで日記をやっていたわけですが、今回まるでゴールデンボンバーにいそうな人が急に明るくやってきて「やりませんか？」と言われたとき、ここまで違うとオモロイな、と思ったのです。こ

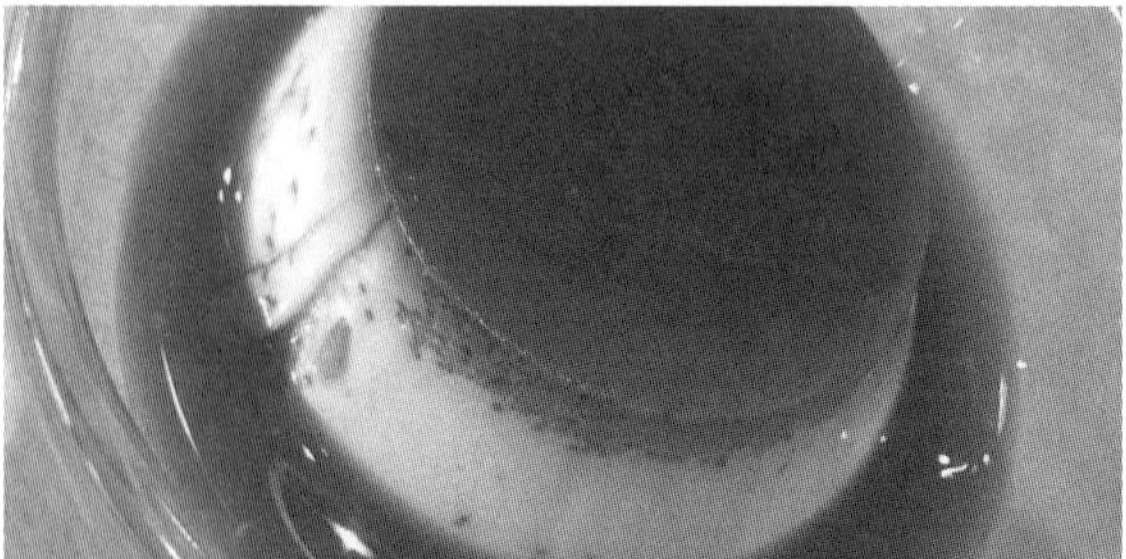

「つゆ艸」のプリン

れこそがおばさんの余裕ですね。

ダサい広告も、手軽さも、醜いランキング争いも、もはやオモロイなあって。

noteは担当の玉置さんの生き方も気持ちもよくわかり、加藤社長のアグレッシブなんだけれどデリケートで現実的なところもかなり好きで、だからここは私のネット界のホーム。

ただ、世の中には「日記が好き」という人が少なからずいて、要望があるたび、私はずっと胸を痛めていたんです。

なので、ブログで救われる人がいるならいなって客観的にそして心から思ってます。

もちろん書くことには全然手を抜いてはいないけれど、あちらでは生活の記録だけをしています。

あの程度のアクセス数だと、客を買ったりしないかぎりは多分三万字二万円くらいかな？

要するに全くのボランティアなんだけど、知り合いもできて楽しいし、書くのは全く苦じゃないので別にいいのです。

ただし、しっかり決めていることがあります。秘訣はここでしか書きません。

「もう少し人生のことを考えたい、だれか他に私のような人はいないのかな？」

という人がいられる場所がここです。

もちろん私の経験なんてたかが知れているので、少ししかお役に立てないかもしれません。でも、少しでいいのです。

でもそれすら人が選ぶことで、今は軽いものに心救われると思う人の役に立てたら、その形でも別にいいのです。ニーズがあり、いろんな方式で書きまくりたい私がいて、私に家にいてほしい動物たちがいて　笑。

なんていい人生だろう、もう、仕事で行きたくない場所に行かなくてもいい。

じゃあどうして今までそんなことをしていたんだろう？

それは、行きたくない場所をとことんわかるため。

それでも忙しすぎて移動しているひまがないから、ちほちゃんの個展とか龍平くんのお芝居とか、期間限定のいろんなすてきなことを取り逃がしちゃったけど、体はひとつなのでしかたないかなと思う。

よくがんばってきた三十年間、そういう取り逃がしも、もうそろそろしてもいいだろうと思えた。

別のやり方でがんばるときが来ただろうと。


それに最初からいろんなことをいやがっていたら、きっと小さな小さなものしか書けなかっただろうし（今も小さいっちゃ小さいけど）。


やっとここまで来た。

しょうがない、書くしかない人生なんだもの。書けばいいんだ。

こんな簡単なことができなかったのは、若くして仕事についてしまったから。

経験を仕事しながら同時にするしかなかったから。


今いちばんよく思い出すのは、大きなお腹で机が遠くなるから、手を伸ばして小説を書いたあの冬。

赤ちゃんはきっともうすぐぶじにやってく

ると思いながら、
　小田和正さんのクリスマスの番組を観ていたこと。

　そういえば……高校生の頃、小田和正さんがオフコースで歌っていた「やさしさにさようなら」という曲が大好きでした。

　その頃、初めて長くつきあった、結婚しようと言い合っていた近所の恋人と別れたんだったなあ。

　近所の恋人っていいんですよね、チャリで来てくれるから。

　夜中にちょっとだけお茶とかできるし。

　すごくロマンチックだったなあ。

　……まあそんなふうに、これからもなにがあるかわからないけれど、今うちにいる夫と私は、このお腹の中にいる赤ちゃんの親であることだけは生涯変わりないいんだなあ。

　そう思いながら。

　あのマンションは取り壊されてしまったし、あの部屋のあの冷たい床、効きの悪い暖房、この世のだれも、もう二度と体験できないのです。

　陽当たりが良すぎたあの窓辺に置いてあったメロンがいきなり爆発したり、子猫が大犬のことを親だと思って顔を埋めて寝たりするのを見ることもない。

　そんなことをしみじみと思い出すと、頭の上の空間が大きく広がったような感じがしました。


　いつだって私は幸せだった。

　私が気づいてなかっただけで、そう思うのです。

人が死ぬときに思うことをもう本気で思ってしまっているので、早死にするかもしれないけど悔いはないなっていうのと、せっかくだから早く気づいてよかったなと思います。

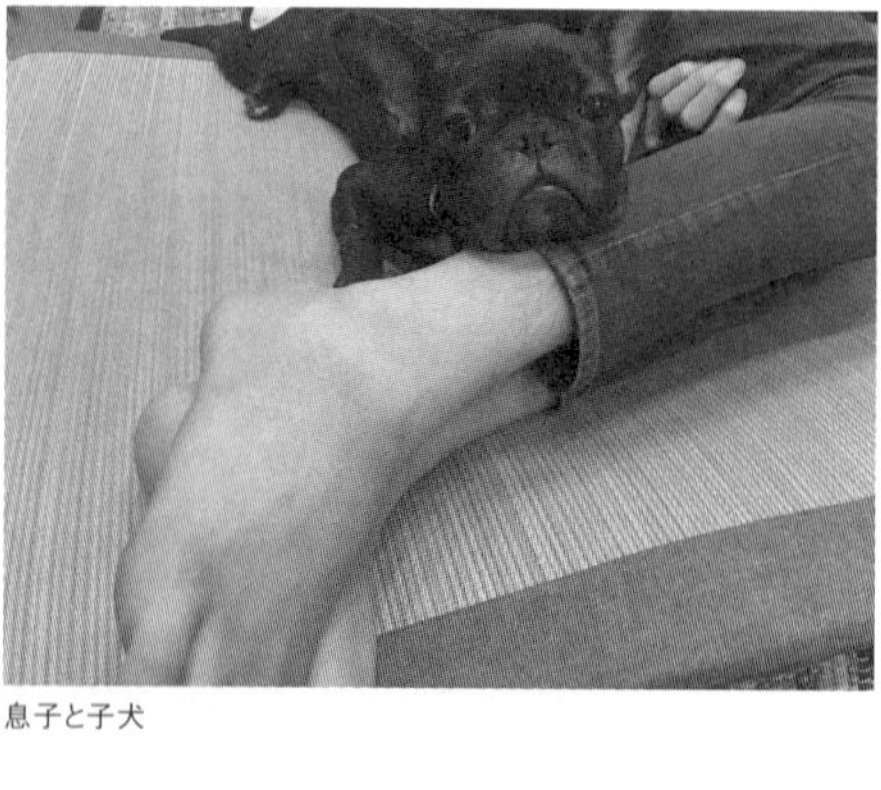

息子と子犬

◎どくだみちゃん

未練と未来

夜中に飛び起きて、ごみ箱に走っていって、やっぱり捨てるのやめる！　ごめん！　と泣きながら拾いだす。

そんなことを何回もしたことがある。

捨ててみたものの、そのものたちとの思い出が迫ってきて、つい目が覚めてしまうのだ。

犬や猫が死んで、家の中ががらっと変わってしまって、

私はとり憑かれたように模様替えをした。

最初の引っ越しで買ったカーテンを捨てて、二十年間使っていたクッションを思い切って捨てて、

決してふりかえらないように、今回はごみ箱もあさらないようにして。

考えないようにして。

しかしやってみると、逆に新しいものが私を部屋に置き去りにするようになった。

目が覚めると知らない景色。

自分の居場所がわからない。

でも、少しずつ、今の世界に自分がやってくる。

幽体離脱していた魂が、あ、ここに体があると気づいて入ったかのように。

空の上から自分を見る。

近づいていく。

体が揺れた感じがして入る。

そんな感じで目を開けると、いつも新しい犬が目の前で私を見ている。

私の死んだ友だちはとてもおしゃれで、たくさんの変わったデザインの服が部屋に山積みになっていた。

食器が好きで、きれいなお皿やカップを集めていた。

私があげたふくろうのぬいぐるみを気にいって、いつも飾ってくれていた。

「病院にそれだけ持っていきたい」

と言っていたのは、トランプのキングの絵が描かれた絵葉書。

倒れていた間、首さえも動かせない目線の先にあったもの。

たったひとりそばにいてくれたものだったのだろう。たくさんお話をしたのだろう。

痛い痛い、そのことを考えると胸が痛い！

「仕事のトランプはいいの？」と言ったら、それはいらない、と言った。

あんなに多くの人を救った商売道具だったのに。

仕事が嫌いになっちゃったのかもしれないなと思ったけれど。

「治ったらまたばりばり仕事しますから、よろしくお願いしますね」って救急車を待つあいだマネージャーさんに言っていたので、嫌いではなかったんだな。

バッグに入れたお金といっしょに地方に帰ったご家族に預けてしまったので、その絵葉書を病室に飾ってあげられなかったのが心残りだけれど。

「まほちゃん（私の本名）、もうそんなことどうでもいいわよ」って言ってくれるんだろうな。

あんなにものにあふれていたあの部屋が、すっからかんのピカピカになって、ネットの物件案内に載っているのをまじまじと見た。

どこにもない、面影が。

どこに行っちゃったんだろう？

いや、この頭の中にある。

私の頭の中にあれば、いいんだ。なくなりはしないんだ。

おしろい花

◎ふしばな
下北沢がなくしたもの

夫が車を買い替えることになり、前に乗っていた車で最後のドライブをしようということになった。

急に日にちが決まったのも、よかったかもしれない。

私たちは渋谷にいた子どもと横浜中華街で待ち合わせた。


私はいつも寄るバーニーズにその日は寄らなかった。

時間がなかったし、もっと雑多なものを見たかったのだ。

しかし雑多という以上に街は混んでいた。

特に見る気もない横浜中華街みやげや、肉まんの列にえんえん並ぶ人たちを眺めた。

夫がやったことがないというので、Dr.フィッシュの店に行って、足を水に突っ込んで魚に角質をつつかせた。夫は初め気持ち悪がってきゃあきゃあ言っていたが、これなんだかいいなと言いだして嬉しそうになった。

そこに子どもがやってきて、子どももやりたいと言って、やっぱりきゃあきゃあ騒いでいた。

そんなふうに、合間にはとなりのカップルと楽しく話したりして、のんびり過ごした。Dr.フィッシュの説明をしてくれる中国人のお兄さんは、とても楽しそうだった。

この人、仕事も楽しそうだし、終わったら楽しいプライベート時間を過ごすんだろうな、と思えるような明るい人だった。

終わってから焼き小籠包を分け合って熱い

熱いと言いながら立ち食いで食べて、韓国の有名な糸みたいなお菓子を口上つきで買って、チャイハネ[*44]に行った。前よりも店舗は縮小していたけれど、まだまだ元気な感じだった。店員さんもチャイハネ寄りのエスニッククライフを送っているからしっかりテンションが高い。

たくさんの新しいレストランができていたけれど、定番である萬珍樓[*45]の点心のレストランに行き、ワンタン包みだとか、小籠包だとか、いつものものを食べた。

隣の席ではお誕生祝いが開かれていて、その一族が集っていた。

トイレにはバンブーが派手に飾ってある、でもピカピカでほこりひとつない。

家に帰ったら信じられないくらい癒されていた。

きっとDr.フィッシュのおかげ……だけではないと思う。

残念ながら、ほとんどの店の人が中国人で人生にアグレッシブで楽しそうだったことが大きく関係あるのは確かだ。

たった十年前のことだが、日曜日にただ下北沢を端から端まで歩いているだけで、別に買うともなくいろいろなお店を眺めたり、買う気のなかったものを真剣に悩んで買ったりしているだけで、心が休まり、豊かになったものだ。

それは人の家を訪問する感じにとてもよく似ていた。

人の頭の中の世界がそのまま表に出たものを、好奇心を持って眺める自由だ。

そこには企業のインテリアコーディネータ

ーには出せないコンセプト外の隙間がある。

吉祥寺にもかなり似た感じがあるけれど、吉祥寺は今でも謎の店がいっぱいあるし、「くぐつ草」もまだしっかりあるので、まだ例の「家賃高すぎて個人のおもしろいお店がつぶれる」病気に汚染されていない。

ゆっくり歩く。少し退屈。お、ちょっと面白い店。意外にはまって時間取っちゃった。お腹減ったね、何食べる？　さっき見た餃子のお店は？　今日は餃子の気分じゃないなあ。じゃ焼肉？　いいね！　でもその前にさっき買ったものを並べたり、買った本をちょっと見たりしたいから、お茶しない？　いいね。

……みたいな感覚を街がどんどん失っていく。

逆に言うと、街に住む良さとは上記のことだけなのだ。

東京がついにほんとうに滅びていく。

私は体の半分は東京の下北沢に置き続けるから、失われていくものを見ながら、いろんな街にまだある活気を覗きに行こう。

街から活気がもらえないと、つまり街を動かす人の活気をもらえないと、こんなにチャージできないんだということを、失って初めて知った。

人と決まったやりとりしかできないお店に慣れると、心の筋肉が失われることもよくわかった。

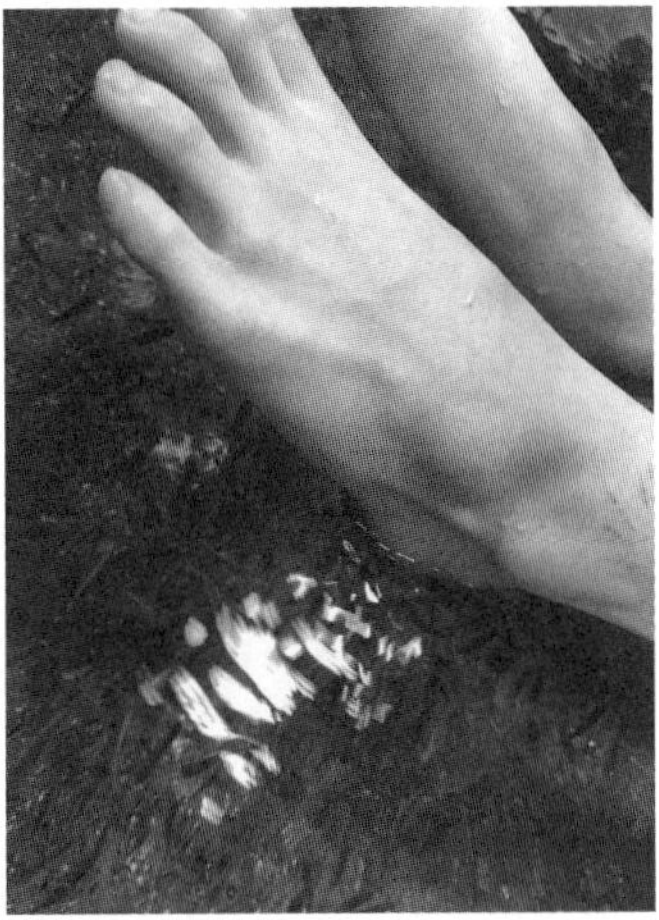

Dr.フィッシュ息子版

中華街

ねたみとそねみ

◎今日のひとこと

ふたごが生まれたらこの名前をつけましょうと言っても、だれもつけないでしょう　笑。

そのくらい難しい感情ですよね。

私は小さいとき、人には言えないことでほんとうに苦労していました。

弱視から回復したものの斜視が大きく残り、ものが二重に見えるからです。

番場蛮[*46]（古いなあ）が投げる、球がいっぱいに見える魔球なんて、私にとっては日常でした。

でも、こればかりは誰に言ってもしかたな

「赤白」のおでん

いなあと思っていたのです。

実は微妙にいい運動神経で、なんとかするしかないと。

それで実際になんとかしていましたが、それは学校生活というものの中ではかなり厳しいものでした。そして学校を出たら大丈夫になりました。自分のペースでならなんでもできるからです。

その「どうしようもないけれど人と違う」感覚は、人を妬まないという性格を育ててくれました。

違うから妬んでもしかたないと体がわかっていたのです。

たぶん「がんばればすごく美人になれるクラスのそこそこ美人」とか「書けばかなり書けるけど特徴までは出せない作家志望」とか「そこそこ稼いでるけどもっと稼ぎたい人」とか、そういうゾーンがいちばんもがき苦しむんだろうなあ、その段階を抜けるのは実はわりと簡単なんだが……。

「そこそこイケてる部分を捨ててるリスクを取らずに、もっと上に上がる」というのは人間の性からしてむつかしいことなので、いったんそこ（そこそこイケてるけどそれでは満足できない）にアイデンティティを設定してしまうと、かなりむつかしくなってしまうんだと思います。

良いことは一個もないので、ないほうがいいというか。

そこにかまけると他の欲といっしょで、人生のクオリティが落ちるのです。

だからいったんリスクを取ってみんな捨て

ればいいんです……けど、人間ってそれができないものなんですよね。

……と思う私も、あるときふと、

「なんでも二重に見えてたいへんだったけど、大人になったらやっと慣れた」と言ったとき、怒りのツボがまるで違う姉が「この歳になりゃ、見え方なんてみんなおかしくなってるよ」と言ったとき、長年の苦労が爆発して、最愛の姉に対して一瞬心の中で激怒しました。顔には出さなかったですが。やかん君だったらもう即沸騰でしたね（あれは怒っているわけじゃなくて、ポーッとなってるときか！）。

苦労が自分の中にあんなにも岩のような塊になってるなんて、こんなに自覚的な私でも気づかないんだ！　いわんや無自覚の人たちをや！　と愕然としました。なんだかこの文法合ってるか自信ないな〜。

だから、この感情を育てない、水をやらない、もっと言うとこの感情に「水をやる快感に飲まれない」ことが、セックスに溺れないようにする、とかと同じくらい人生には重要だと思っています。

EIJIくんちの美しい窓辺

◎どくだみちゃん
目が覚める

宇宙マッサージが大きな鍵だというのはわかっていた。

くりかえしくりかえし、体が「これはもうイヤです」とNOサインを出してくることがいろいろあった。

でもそれを、「今はしかたないから」という理由で取り下げていた。

どれだけ昔から取り下げていたのかわからない。

前世くらいの長きにわたることかもしれない。

声は小さいけれどそれが意外に人生を変えるくらい大きなものだということを、宇宙マッサージが伝えてくれた。

宇宙マッサージは受けなくてはいけない、と本能的に思っていた。

体ではなく魂が「そこに戻りたい！」という場所が宇宙マッサージの中には確かにあるのだ。


そこは私が作った「エセ平和」の世界ではなく、厳しい世界だけれど愛のある世界だった。なんだ、これでいいのか、なんであんなことがんばっていたんだろう？　と私はびっくりしていた。

まるで自己啓発書に書いてあるそのままに、人の期待に応えることでサヴァイヴしてきた自分が滑稽に見えてきたから。


今年のあるとき、私は忙しかったりいろんなものが死んだり（ざっくりしすぎ）していて、心に変な勢いがあった。

宇宙マッサージを受けに行って早くついてしまい、待ち時間に自分の足元をふと見た。カゴとサンダル。服のすそ。身軽！

こうなりたいと思っていた自分の足を、ちゃんと五十代の私は持っていた。

よし、と思った。


いつもは足を投げ出して座って受けるので、少しだけ腰骨が痛くなる。

でもその日は、もういいや、快適な体勢を考えようと思って、あぐらで受けた。

快適だった。

なんで今まで、だれのために、足を投げ出していたのかな？　と思った。

宇宙マッサージをするプリミさんは決してそんなことを望んでいないのだ。

そこからが早かった。

寝不足だった私はうつ伏せになったとたんに安心してすうすう寝てしまい、なにかがぐるぐる回っているすごい夢を見ていた。メロン色の世界だったり、天上の人たちがいたり。

終わったときプリミさんは「今回は松果体のチューブのトンネルのずっと奥までふわっとへばりついている膜をどんどん取っていくことに焦点を当てた」と言っていた。

「宿便？　綿菓子？」と私は笑っていた。

しかし、その日からいきなり、私は今までがんばればできたことが全くできなくなってしまったのである。

少し前に受けた平良ベティーさんの倒れるほどリアルなセッションもすごく関係あると思う。

そういうものが積み重なって、だんだんと私の目を覚ましてくれたのだろう。

なんで私は自分にはなにもしてくれず、話も聞いてくれず、ただ時間を奪う一方の人々といっしょにいたのだろう？

なんで私は自分のしたいことをしないで、人のしたいことをしていたのだろう？

なんで一回も自分のさいふを出さない人たちと毎日過ごしていたのだろう？

どうして家族や犬や猫がいるのに、「私だけ単独で」来てほしいという人たちの夜の外出の誘いをふつうに受けていたのだろう？

ひとりぐらしの姉に「ひんぱんに」会いに行くことだけが愛情だとなんで勘違いしてい

たのだろう？

今はしかたないから。

でもそのしかたない今はどれだけ先まで続くの？

今やめないと、ずっとしかたないでしょう。

そう思えたのは、宇宙の愛のほうが、地上の愛よりも精密で厳密で大きかったから。私の小さな頭で考えるよりずっと、ものごとをちゃんと整理してくれることを信じることができたから。

そうしたら周りにいる人たちが勝手に変わってきた。

夢のように鮮やかに、いられない人とはどうしてもいられなくなってしまった。どんなに好きな人たちでも、魔法みたいに切り離された。

身近に知っているだいたいの人のことは大好きだから、タイミングが合っていっしょにいるときだけ、心から自然にいられるようになった。

宇宙を信じて、このまま行くしかないと思った。

そのとき夢の中に出てきた人たちは、ローブみたいなのを着て、金色の髪の毛をしていて、とても優しい目で私を見ていた。

今まで警告のときにしか登場したことがない人たちなのに、穏やかに私を見ていた。ちょっとおっちょこちょいな感じの、天上の人たち。

山本鈴美香のまんがに出てきそうな、美し

い人たち。

きっと喜んでくれているだろう。

長年伝えてきたのにこいつはわかりゃしない、といらだつこともなく、しょうがないねえ、いつかわかるよねと思っていてくれたんだろう。

わかったらわかったで、よかったねとだけ思ってるだろう。

羽海野チカさんの個展にて

◎ふしばな

里穂ちゃん

牧瀬里穂ちゃんが「つぐみ」だった時代にもちろん何回も会っている。「育ちの良い子だなあ」という感想を持っていた。

どんなときでも周囲の状況をしっかり見ていて、出すぎないようにしていた。

出すぎるのが仕事のような職種なのに、人として立派だなと感心した。

最近久しぶりに何回か会う機会があった。

深すぎないきれいなコミュニケーションを大切にしていて、皮肉もいじわるも一切言わないし、隠しごとがないその大人っぽい態度に感心したと同時に、その持ちものや服の清潔感とバランスには驚いた。

なんであんなことが可能なのだろうと思い、ブログ本を読んでみたら、彼女は衣替えを十五時間かけてすると書いてあった。

人前に出るお仕事であることをしっかりと自覚していること、お金持ちの才能あるご主人と円満に豊かに暮らしていくこと、そういうことに対しての彼女なりの対処が「ていねいにきちんとやっていくこと」であり、それが決して武装ではなくて、自分が自分の立場に堂々としていることができるための彼女の哲学なんだなあと思ったら、その成長の道のりをとても好もしく思った。

しーちゃんと里穂ちゃん

乃木神社

注釈

＊1　横澤さん（P20）　フジテレビのプロデューサーとして「THE MANZAI」「笑っていいとも！」「オレたちひょうきん族」など数々の人気番組を手がけた。フジテレビ退社後は吉本興業の相談役などを務めた

＊2　バガボンド（P33）　1998年から「モーニング」（講談社）で連載が開始された井上雄彦氏による青年漫画。原作は小説『宮本武蔵』（吉川英治著）

＊3　甲野善紀（P33）　武術家。著書に『古武術に学ぶ身体操法』（岩波現代文庫）など

＊4　本（P35）『ミルコの出版グルグル講義』（山口ミルコ著）　2018年　河出書房新社

＊5　サスペリア・テルザ　最後の魔女（P47）『サスペリア』『インフェルノ』に続く魔女三部作完結編。2009年公開

＊6　フルフォード博士（P55）　オステオパシー医。『いのちの輝き』（1997年　翔泳社）の著者

＊7　バリの兄貴（P58）　バリ在住の大富豪・丸尾孝俊氏　http://www.maruotakatoshi.jp　「アニキリゾートライフ」オンラインサロン　https://lounge.dmm.com/detail/676/

＊8　よなよなの集い（P65）　2017年にｎｏｔｅで開始された往復書簡形式のエッセイ「ばな子とまみ子のよなよなの集い」　https://note.com/d_f/m/mfccfe3cf3ada

＊9　ブログ（P65）　https://note.com/uemami

＊10　ナタデヒロココちゃんのブログ（P65）「イタリア・フィレンツェでいまを生きる」　https://ameblo.jp/golosa/

＊11　こちら（P66）「ピロココのタデクウムシ inイタリア」 https://note.com/golosa

＊12　ミユさんの自伝（P66） https://note.com/michiemiyu

＊13　裏自伝（P66） https://note.com/michiemiyu/m/m0b769be7bc06

＊14　私と奥平亜美衣さんの本（P67）『自分を愛すると夢は叶う』２０１８年　マキノ出版

＊15　これ（P71）蟾ｫ螂ｳ縺ｿ縺薙ﾘ繝ｼ繧ｹ豁後縺ｦ縺ｿ縺 https://www.youtube.com/watch?v=lb4D00k1_vk　２０１８年公開

＊16　歌（P76） 80's tunes（feat.TOKYO JAP "Asian Night"） https://www.youtube.com/watch?v=ed1gdGBeVxo　作詞・松任谷由実氏、作曲・立川利明氏、編曲・鈴木慶一氏

＊17　ヴィレッジ（P79）『サイン』のM・ナイト・シャマラン監督・製作・脚本によるサスペンススリラー。２００４年公開

＊18　ブログ（P84）「よしばないいもん」 https://ameblo.jp/yoshimotobanana/

＊19　Twitter（P84） 吉本ばなな公式ツイッター https://twitter.com/y_banana

＊20　Betty's Room（P94） https://bettysroom.asia/#section-story

＊21　RR（P105） コーヒー専門店　住所　東京都世田谷区代田4－10－20

＊22　永野雅子さん（P105） 写真家 http://masakonagano.com

＊23　グラウベルコーヒー（P105） コーヒー専門店　住所　東京都世田谷区代田5－7－9

＊24　こえ占いちえ（P107） こえ占い千恵子 http://koeurnaichieko.jp

＊25　たかのてるこ（P114）　旅人・エッセイスト　http://takanoteruko.com
＊26　稲田（P137）　https://www.rice.press
＊27　大家さんと僕（P150）　矢部太郎氏による実話漫画。2017年　新潮社
＊28　プリミ恥部さん（P173）　宇宙マッサージ師　白井剛史さん　著書に『愛を味方にする生き方　人生があがっていく宇宙マッサージ』（2017年　青林堂）がある
＊29　家事のニホヘト（P191）　2012年　新潮社
＊30　440（P194）　ライブバー　住所　東京都世田谷区代沢5-29-15　SYビル1F　電話　03-3422-9440
＊31　垂見健吾さん（P201）　カメラマン　https://taruken.com
＊32　本（P220）『Q健康って？』（2013年　幻冬舎文庫）信頼できる身体のプロフェッショナルたちとの対話を通じ、健康の正体と極意を探る対談集
＊33　小林健先生（P221）　ニューヨークで活躍するマスターヒーラー。著書に『ハリウッド・セレブが頼るヒーラー《ケン・コバヤシ》と語らったこれからの医療』（2016年　ヒカルランド）などがある
＊34　晴れたら空に豆まいて（P221）　イベントスペース　住所　東京都渋谷区代官山町20-20　モンシェリー代官山B2　電話　03-5456-8880
＊35　小説幻冬（P225）　幻冬舎発行の文芸誌
＊36　本（P225）『猫だましい』ハルノ宵子（2020年　幻冬舎）自身の様々な闘病、老いた両親の介護と看取り、数多の猫たちとの出会いと別れを、透徹に潔く綴る、「生命」についてのエッセイ

＊37 天宮玲桜（Ｐ２２５） https://amamiya-reika.com/index.cgi

＊38 ＬＩＮＥブログ（Ｐ２４４） よしばなうまいもん https://lineblog.me/yoshibana/

＊39 Instagram（Ｐ２４４） @bananayoshimoto2017

＊40 ＳＮＳポリス（Ｐ２４５）『ＳＮＳポリスのＳＮＳ入門』２０１６年 ダイヤモンド社

＊41 わからない男子のために本まで書いちゃった元オタクの人（Ｐ２４８） メンズファッションコミュニティを主宰するＭＢ氏。著書に『幸服論 人生は服で簡単に変えられる』（２０１８年 扶桑社）

＊42 アイランドスリッパ（Ｐ２５３） http://islandslipper.gmt-tokyo.com

＊43 エバゴス（Ｐ２５３） https://www.madrigalyourline.jp/c/eb_a_gos

＊44 チャイハネ（Ｐ２８５） チャイハネＰａｒｔ１ 住所 神奈川県横浜市中区山下町１８５ 電話 ０４５-６６２-８７８７

＊45 萬珍樓（Ｐ２８５） 萬珍樓點心舗 住所 神奈川県横浜市中区山下町１５６ 電話 ０４５-６６４-４００４

＊46 番場蛮（古いなあ）が投げる、球がいっぱいに見える魔球（Ｐ２８８） https://ebookjapan.yahoo.co.jp/content/genre/theme/makyu.html

吉本ばなな「どくだみちゃんとふしばな」購読方法

①noteの会員登録を行う（https://note.com/signup）

②登録したメールアドレス宛に送付される、確認URLにアクセスする

『登録のご案内（メールアドレスの確認）』という件名で、
ご登録いただいたメールアドレスにメールが送られます。

③吉本ばななのnoteを開く

こちらの画像をスマートフォンのQRコードリーダーで読み取るか
「どくだみちゃんとふしばな　note」で検索してご覧ください。

④メニューの「マガジン」から、「どくだみちゃんとふしばな」を選択

⑤「購読申し込み」ボタンを押す

⑥お支払い方法を選択して、購読を開始する

⑦手続き完了となり、記事の閲覧が可能になります

本書は「note」二〇一八年四月七日から十二月五日までの連載をまとめた文庫オリジナルです。

大《おお》きなさよなら

どくだみちゃんとふしばな5

吉《よし》本《もと》ばなな

令和3年6月10日　初版発行

発行人——石原正康
編集人——高部真人
発行所——株式会社幻冬舎
〒151-0051東京都渋谷区千駄ヶ谷4-9-7
電話　03(5411)6222(営業)
　　　03(5411)6211(編集)
　　振替00120-8-767643
印刷・製本—中央精版印刷株式会社
装丁者——高橋雅之

検印廃止
万一、落丁乱丁のある場合は送料小社負担で
お取替致します。小社宛にお送り下さい。

幻冬舎文庫

ISBN978-4-344-43095-2　C0195　よ-2-36

幻冬舎ホームページアドレス　https://www.gentosha.co.jp/
この本に関するご意見・ご感想をメールでお寄せいただく場合は、
comment@gentosha.co.jpまで。